我是女博 我嫁谁

彩云雨田◇著

湖北人民出版社

〖作者简介〗

彩云雨田，某知名大学在读女博士。平素甚喜舞文弄墨。因长期受累于"灭绝师太"之名，遂于紧张的论文写作之余，著成本书，并配涂鸦若干，以为众多女博士正名。

我的博士女儿

（代序）

　　我女自幼素有奇语异想。三岁时指落日在水中之倒影而言："太阳公公洗澡"；五岁时吟白兰花云："白云绕树不愿回"；七岁时，问及与世界形成相关的深奥问题：为什么世界各地的神话传说，如佛教故事、中国古代女娲补天故事等均有洪水泛滥、人类濒临毁灭之论？更有甚者，初中毕业时振振有辞地告诉我，人类根本不是猴子变的，而是一次次文明高度发达又毁灭后，遗留下的人种再度繁衍而成而已。并危言耸听地说，世界不久将又一次……

　　读书时，小女从来自有一套方法。所有课本书页的空白处，均有小说、散文和漫画小人（为预防老师查看，练就一手无人能识的"鬼画符"字体，每当老师质疑均辩称为课堂笔记，阴谋每每得逞从无失手）。语文课常请病假逃课，但总能考入年级前三名，并捧回若干桂冠奖项。不甚喜欢理科却挑战自我，高中偏选中理科班就读。高一英语成绩奇差，却能阅读中国电视报英语版，大学更打了一份英语导游的工，挣了一笔票子。

1

大四突然感悟过去若干年的学习都是被家长老师左右，于是听从自己的兴趣考上了没什么"钱途"的冷门专业研究生，从此一发不可收拾而上了博士。时常以女博士中比较像"人样"的一群而沾沾自喜，故成此书，污染诸君耳目。

此书虽妙趣横生，读之不忍释卷，但奉劝诸君切勿被其蛊惑，成其同类，以免天下父母都以本人为攻击对象：为何纵容其女若此耳？

——一位女博士的"博士后"妈妈

注："博士后"非关学历，乃博士之"后勤部长"之简称也。

看完此序，乃知有其母必有其女也。哈哈！

目 录

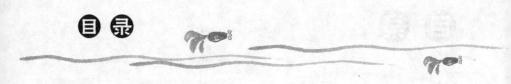

目 录

错,只要爱过自己的人就值得感激!

"海龟"把韩默的沉默当作害羞和芳心暗许——在中国,女博士很难找到身份相当的对象,在国外读过书的自己当然又比一般的男博还要高上一层。基于这种逻辑推理,他认为韩默一定会欢欣鼓舞受宠若惊地接受他的追求。就像欧阳克追黄蓉:一个是东邪的女儿,一个是西毒的后人,门当户对;通音律,懂风雅,学历相当;要长相有长相,要地位有地位。从世俗的眼光看来,整个《射雕》里他的客观条件至少比郭靖更配得上黄蓉,难怪追得那么自信满满。

很多时候,女人对自己价值的评定,是由其追求者的档次决定的。事关女人虚荣心的时候,即便女博士也未能免俗。按说,在中国,女博士是最不需要将金钱加入择偶条件的女性人群。但是,在"笑贫不笑娼"的今天,学历真的能使女博士对金钱的魔力免疫吗?

城里城外　/65

晴川书院的秋天也是美丽而惬意的，而在秋天里前赴后继奔向晴川书院的"考研族"们的心情却未必都如这里的风景。研究生宿舍区坐落在书院里某个人迹罕至的角落，那里灿烂的红叶似乎总在向外面的人炫耀着它的神秘和高贵，吸引着无数怀才不遇的或者无才不遇的、本校的或外校的、未婚的或已婚的学子们向这座围城发起一轮又一轮的冲锋。而已经身在城内的韩默和读书会的一群或男或女、或大或小的博士们却在用激烈的言语围攻人生另一座围城——婚姻……

目的婚姻的可执行性　/99

也许现在的舆论导向是让人们不知不觉地认为，这个社会是一个只有成功的人才有生存价值的社会，可是成功的标准又那么高，结果就造就了一大批盲目听从舆论的不快乐的人。这些人对待任何事，包括婚姻，都有惟一的指向：达到目的。远的如韩默的本科师姐，英语系的系花，一毕业就成功打入某房地产公司老总的家庭内部填了二房；近的如经常出入程曦寝室的师兄老杨，短短数

目 录

月就钻进了某女孩的求爱圈套，乖乖地执行了目的婚姻。而中国的未婚女博士们到底还能否为了纯粹的爱情而继续与时间拼杀呢？

"十八新娘八十郎，苍苍白发对红妆。鸳鸯被里成双夜，一树梨花压海棠。"苏东坡写此诗乃是为了嘲笑好友张先干了老牛吃嫩草的"勾当"。想必他老人家万万没想到，千年后的今天，老牛吃嫩草还有反过来的时候。并且，"姐弟恋"的盛行不再仅仅局限于娱乐圈，一群为婚姻大事头痛不已的优秀女人们终于在娱乐圈绯闻的启发下找到了新的出路，并且为这一出路完成了逻辑证明：既然成熟男人所拥有的我们自己都不缺少，而年轻男孩的青春和单纯又被庸脂俗粉们丢得俯拾即是，我们又何必舍近而求远呢？

从理论上讲，"和番"的确是女博们的绝好选择：老外没有男尊女卑思想，不会对女朋友的博士学历耿耿于怀；老外没有可笑的处

女情结，即使是对于有过去的女人也不会心中嘀咕；老外喜欢把爱情挂在嘴上，还懂得弄点浪漫，很能迎合高知女性讲求情调的需求…… 另一方面，可能性也不是没有的：女博们一般英语都好，语言这一关首先就过了；女博理性，对于不同国家的文化差异比较能够理解和宽容；女博有学识有内涵，对于那些仰慕我大中华文化的洋鬼子的确颇有吸引力。

原来郭靖也很好 /151

最聪明的人往往犯的都是最笨的错误。不管多么明智的女人在面对感情的时候都有糊涂的时候。对于女博，饭票不再是婚姻的必要条件。然而，当婚姻不再关乎饭票时，择偶的标准反而变得模糊起来。所以优秀的女人总是不太明白：我到底要什么样的男人？女人们都希望碰到一个踩着七彩云朵的盖世英雄。但优秀并不等于爱情。感情其实很简单，也很平淡，不过就是我喜欢他，他也喜欢我罢了。

附录 我的老婆是博士 /177

女人？女博？谢谢！

<big>紫</big>霞仙子衣袂飘飘，牵着一头在网上被广泛讨论物种[①]的坐骑，来到盘丝洞前（当然那时还叫做水帘洞）。

忽见一个神情恍惚，年龄说大不大、说小不小的奇异人士坐在地上，茫然四顾。

"女人？"

那人犹豫，审视自己胸前悬挂的斗大文凭。

"女博？"

"……"

"谢谢！"

仙子仿佛得着了答案，翩然走过……

——引子

---

① 《大话西游之月光宝盒》片尾，至尊宝回到五百年前的水帘洞前邂逅紫霞仙子时，紫霞仙子给了至尊宝三颗痣，当时她的台词是："就像我的骡子一样，给你盖个章！"但到《大话西游之仙履奇缘》一开始重演这一情节时，紫霞的台词却变成了："像我的驴子一样，给你盖个章！"此事乃是大话迷的基本常识。一笑。

高校里流传着这样一句经典的胡说八道:世界上有三种人,男人、女人和女博士。宽大的博士袍和方方正正的博士帽的确足以抹杀女人之所以成其为女人的一切标识,于是养在深闺人未识的女博士终于在传说中被越来越妖魔化。其实女博士不会长三头六臂,世界上也不会有第三种性别。她们同样可能拥有靓丽的容颜、窈窕的身姿以及温柔的天分,不过是比一般女人知识多一点点、理性多一点点、嫁人难一点点。当然,最要命的是她们的学历比大多数男人都高一点点……

"'这是最好的时代,这是最坏的时代;这是智慧的年代,这是愚昧的年代;这是信仰的时期,这是怀疑的时期;这是光明的季节,也是黑暗的季节;这是希望的春天,也是绝望的冬天;我们面前应有尽有,我们面前一无所有;我们都在直升天堂,我们都在直堕地狱。'

以上这段出自老好狄更斯的名著《双城记》,爱看《春秋》的香港个性演员黄秋生老兄在 2003 年香港电影金像奖颁奖晚会上的致辞也引用过这段经典开头。然而推敲起来,显然这段话与其说适合这个时代,倒不如更适合形容当代优秀女性所面临的独特境遇。一方面女性地位的飚升超过了以往的任何一个时代,但另一方面这些优秀的女性都不约而同地面临了一个无比尴尬的处境——婚姻难觅。"

韩默的面前,是显示着这段话的电脑屏幕,右手边胡乱丢弃着一个信封，乃是程曦刚给她从院里带来的一封晴川书院的博士录取通知书。不过这封信根本就没得到什么重视。其实，韩默心里清楚，考博比考硕容易得多：少了政治，英语又不是全国统考，专业课也更重视对于思维能力而不是知识的考查。像她和程曦这样的在读硕士来考本校本专业的博士，基本上只要认真复习，分数过线是情理之中的，只不过是公费和自费之别罢了。如今考到公费，学费免了，每月还有几百大洋的补贴，也算是对得起自己那段复习的辛苦了。

程曦这阵子作明清研究，热爱摆皇帝谱。她看看电脑上的时间，跳起来道："韩爱卿，已是午膳时分，摆驾御膳房吧？"韩默把信封往抽屉里一扔，就跟着御驾亲征的程曦去食堂打饭去也。

这个信封倒是在韩默的家中很造成了一点波动。从前韩默英明神武的老妈带着还是硕士的韩默在街上"耀武扬威"地买菜的时候，得来的是一片赞誉之声。但如今韩默成了博士，赞誉就有点变了味儿，"你女儿还读啊？""女孩读这么高？""她还没对象呢吧？"话里话外都透着点怜悯的成分。

韩默可爱的外婆就直接得多了。老太太解放前读到小学二年级就辍了学，老觉得一个大学本科就等于古代的状元，大过天了。从韩默上硕士那会就心里不痛快，如今听说外孙女儿又考上了什么劳什子博士，还要再读三年，泪汪汪地见人就说："老师到现在还不让她毕业呀。要读博士啊，可怜哦……"韩默那叫一个绝倒。她后来跟程曦说，"要不是我心理素质强，非让老太太气背过去。"

程曦倒好，当时就想买票上韩默家，看老太太那可爱万分的抱怨，可见哲学人士思维之与众不同。

程曦是那种"人间处处有欢乐"的可人儿，因此人缘极好。韩默老怀疑是不是老天爷的造人流水线在程曦的制造过程中出了差错，下料的时候多下了一人份的欢乐，不然这傻孩子干嘛整天乐得跟中了八百万似的。

　　在一般人眼里，韩默和程曦这两个朋友也就是传说中的"绝配"了——程曦此人活泼开朗，豁达疏爽，反应奇快无比；韩默这厮看似漠然，骨子满是冷幽默，天生一把清冷的好嗓音，所以说起笑话来对比强烈得无以复加，有一种独特的幽默感。程曦对此崇拜得要死，直说要不是碰到韩默，定然无法想像小龙女说相声是什么感觉。

　　两个女人都是学富五车的文科博士，也算得势均力敌。搭在一起，正巧一个发球，一个接球；一个逗哏，一个捧哏。两人就算日常聊天，旁边的同学也就像听对口相声一样，笑得要死。

　　其实要不是考博，这两个后来被称为绝配的人可能根本就不会有什么交情。一是韩默是文学院的，程曦是哲学院的，从交际圈到学习的路线根本都没什么交集。二是程曦这人个性大咧咧的，走起路来形象又跩，让本就不爱交际的韩默有点"敬而远之"。

　　所以两人只是彼此知道有这么个人，尽管在同栋同层住着，天天打饭打水的看得脸熟，就硬是三年没说过话。

　　说起来晴川书院也算是国内一著名的重点大学，到晴川书院读研的，原本都是天南地北的牛人，多少都有点端着，谁也不跟谁主动套瓷。因此有不少人都是鸡犬之声相闻，老死不相往来，错过了不少珍贵的革命友谊。

　　直到博士生英语考试那天，两人几乎同时提前交卷，所以同路回宿舍，可路上总不能就两个人默默走吧，才打了个招呼，正式开聊。没想到这一聊竟然投缘得很。

　　人跟人之间有种奇妙的东西叫做缘分。韩默没有想到，到了这把年纪,还会被一个人这么轻易地进入心里……

刚知道程曦也考上了,韩默那个乐啊,感觉就是硕士那会儿曾经有一个机会摆在自己面前,自己没有珍惜,没想到老天又给自己一个再来一次的机会,期限至少三年整。

时光荏苒,韩默终于正式踏入了"传说中的博士界"。她终于慢慢意识到收到博士录取通知书和硕士录取通知书的命运是截然不同的。如果说在他人口里,硕士都和高薪工作、优厚待遇以及羡慕连在一起,那么女博士最直接的联系就是婚姻问题。韩默从来没有意识到自己的婚姻问题会突然变成这么一个万众瞩目的问题。她的父老乡亲突然在一夜之间都显示出为她婚姻担忧的关心,这关心夹杂着三分好奇,三分猎奇,还有四分则是终于在这个问题上得到心理平衡的舒坦。

另一句经典的胡说八道则直接概括出了韩默如今在他人眼中的地位:"世界上有三种人,男人、女人和女博士。"

程曦经常"愤懑"地说:"什么第三种人。我就不信,都女博了,当个外星人还不够格?非让我在地球人里扎堆。"

不过在一般人眼里,女博士还真就和外星人差不多:一是远的跟住在外星似的,听说世界上还有这么一类人存在,可从来没见过。不了解当然就容易产生隔阂,隔阂自然就容易妖魔化。二是发怵。杨二嫂开个豆腐店都够厉害了,女人读到博士,那得多嚣张啊。

所谓没有调查就没有发言权。理科的女博韩默见的不多,不好发表意见;但文科的女博倒是五官正常率远高于传说,就是漂亮的也不少。

其实女博也是妈生爹养的,又不真是外星人后裔。光算五官正常的几率也未必就丑到令听者伤心、闻者落泪的地步。

　　再者说了，读书都读到博士的人了，多少也算是知书达理，怎么可能有那么多个性怪异的。主要是读书人干什么都比一般人打眼，偶尔有个把负面的消息立刻传得满城风雨。谁要是静下心来算算，市井之徒里不讲道理的女人难道还少了？算起比例，还是女博士里脾气好的概率大。只是人们一边听着众多流言，一边却又难得见个女博以正视听，期待值低也是情有可原。

　　另外也许是由于历史因素：从前读博士的女性，多半都是结婚生子，工作多年以后才会来读博。这样一是年纪偏大，二是不会把太多心思放在打扮上——女人打扮与不打扮的差距还是蛮大的，所以从前人们多把女博等同于不好看的书呆子的看法，也是可以理解的。

　　可是如今时代不同了。有半数女博都没有工作过，从本科、研究生直读上来，年纪多在二十五到二十七左右，本来就不太大，而且因为一直待在学校里，没有沾染太多社会上的习气，看起来都比真实年纪要小，漂亮的也不算少。加上现在资讯发达，要学打扮也并不难，恐怕和以前大家观念中的女博已然大不相同。

　　很多时候，韩默都觉得不可理解，为什么这样一批优秀、理性、又比一般同龄女性单纯可爱的女博士会成为婚姻的老大难。

　　中文系女生的素质向来偏高，然而即使身处美女辈出的中文系，韩默也绝对是让人印象最深刻的一个。

　　在英文中，"美"与"漂亮"不是一个单词，漂亮"pretty"形容的是外在条件，美"beautiful"则用于形容整个人从外在到气质的总体效果①。

----

　　① 所以电影《风月俏佳人》的英文名叫"Pretty Women"，因为主角出场时就是一个在西方人眼里没有气质可言的妓女。

　　所谓气质，就是让路人还来不及想这个女孩算不算漂亮，就已然被慑服的力量。

　　　　　　　　　　　　——彩云雨田　题绘

用程曦的话说："看见了韩默就知道什么是'腹有诗书气自华'。有她在,一般的美女立刻被衬成了庸脂俗粉。"韩默的室友江荔,单看起来倒真是夜明珠一般的美女,但一旦和韩默站在一起,只觉得一股俗味直冒出来,生生地被比成了鱼眼珠子。

所以韩默不漂亮,但非常美。论五官,韩默只能算得中等,可是她有一种疏离世外的飘忽的美感。即使是站在一大群出色的美女之中,一眼看去,最显眼的还是她。

程曦给韩默起了个外号"异乡人",就为了形容她那种充满了极致的疏离感的独特气质。还别说,那种脱俗的味道特别受文科人士欣赏,所以韩默在浑然不觉中就成了一大群文科女生的仰慕对象。

用韩默的忠实崇拜者老徐的话说:"韩默是那种少有的,能把八块一件的衣服穿成八百块的人物。"

程曦的几个狐朋狗党因为听多了对韩默的仰慕之词,颇不以为然,特地在"名满晴川书院"的餐馆小观园摆下鸿门宴,要看一看韩默的庐山真面目。结果一见之后,大为心服。

其中一人从此对女博士仰慕不已,疯狂上学术网站征求女博士网友。结果不幸碰到一个世纪恐龙,吓得屁滚尿流。

女博士的交际圈本不是一般的狭窄。但程曦却让韩默的生活圈子大大扩大了。

程曦一头俏丽的短发,邻家女孩般的灿烂笑容十分具有亲和力。气质决定吸引力。相处越久,越发觉得这女孩真诚可爱,活泼美丽,让人倾心。

究其缘由,程曦一是沾了专业的光。她读的是冷门中的冷门——哲学。有句话表达了人们对于哲学女的一般看法:"女人读哲学是女人的悲哀,也是哲学的悲哀。"女生学哲学就够冷门的了——竟然还是宗教学这种奇奇怪怪的学科！只要一自我介绍，必然让人对她印象深刻至极。二是其人的性子爽朗宽容，有一股女生中罕见的江湖好汉的舒爽气质，上至达官贵人下至市井走卒一概一视同仁。因此程曦上九流、下九流交友无数，人面之广在女博中是罕见的。

因为认识了程曦，韩默的博士生涯就多了许多故事。

程曦的可爱之处，在于此人常常会做出一些疯狂但又让人觉得十分有趣的行径。晴川书院牛人辈出，因此图书馆里的书籍上往往有很多给人意外之喜的精彩批注。一次，程曦居然因为贪看这些横批和眉批，用了几个月时间疯狂地借书还书，不看内容专看书边——结果图书馆的管理员阿姨一看见这个"爱学习"的小孩就眉开眼笑——看到了好书，必然拿来与韩默分享。一次她拿来的一本《中国哲学史》上有这样一条眉批："晴川书院人不像从前那么爱看哲学了"，程曦评曰："短短一句话，居然一阵古风荡漾，惆怅婉约，意境悠远。"而另一本竖行版的克里斯蒂侦探小说上有大字横批曰："老子的头，上下都点晕了"，也让她赏识不已。

韩默和程曦有许多默契的双关语，这些双关语的产生多半来源于程曦独特幽默感的创造。比如韩默曾经讲过一个老笑话给程曦：

"有一天吸血鬼对上帝说：'上帝，您太不公平了。'

上帝问：'为什么？'

'您看您把天使造得多美，白白胖胖，还有一双翅膀，真是人见人爱。可把我就造得黑漆漆的，所以人们才会喜欢天使不喜欢我。您能不能把我也造得可爱一点，让人们也喜欢我？'

上帝问：'那你想变成什么样？'

'仁慈的上帝啊，我也想要像天使一样白白胖胖的，有一双翅

膀,可最好偶尔还能吸点血.'

仁慈的上帝答应了吸血鬼的要求。

于是,吸血鬼变成了某女性卫生用品。"

说完故事以后的某天,韩默去找程曦:"你借一个'那个'给我。"程曦先笑眯眯地点了点头。过了一会,又冷不丁地问了一句:"你是要'夜间大天使'呢,还是要'白昼小天使'?"

当时,韩默对程曦的钦佩之情简直有如滔滔江水,绵绵不绝;惟有一抱拳,长揖到地。

从今以后,只要在广播、电视中听到"天使"二字,两人都会眼神交汇,一切尽在不言中。

因此认识程曦之后,韩默平淡的博士生活徒添了不少乐趣。

程曦天生一张娃娃脸,所以读硕士的时候,还有人问她高几的,到博士时看起来也不过是本科生。有次坐一辆出租车,那司机见了程曦就有点勾搭的意思,问程曦大几了,程曦回答说博一。那男人立马有点蔫,问你们女博士是不是非男博士才嫁。心无城府的程曦回答:"一家里要两个学历那么高的干嘛?"

那男人顿时就郁闷了:"早知道你们是这么想的,我也追个女博士!"倒让程曦一时无言以对……

她身处以成员容貌而在本校研究生界小有名气的宗教学系——不知道是不是对宗教有兴趣的人多少有点福报,晴川书院宗教学系学生的五官正常率高居本校研究生界的前列。每当上课,老师架起老花眼镜,从课桌这头看去,区区一个小系拥有的高学历帅哥美女居然两只手数不过来,蔚为奇观,以致旁听生往往超员。加上一般人对此系的研究内容了解得太少,颇有神秘感,于是有不知内情的人士传言此系招生要观面相……

就因为两人的外貌和一般人对于女博士容貌的"哥德巴赫猜想"没什么交集，所以经常碰到李逵被当成李鬼的事儿。每每报上名号，都要被人满怀疑虑地上下打量一番，只怕她们是冒充的。每每程曦因为相貌在外受了歧视，憋回寝室才半真半假地叫起撞天屈来："女博士有什么好冒充的。我倒恨不得降个两级才好。"

所以女生读博士还是有便宜可占的。韩默和陌生人见面，对方都对她印象很好。因为在一般人心里，一个女博长得像韩默这样，脾气也还算得温和，实在是很好的了。

程曦曾经笑眯眯地说："从前我在本科，也就个上品。后来读了硕士，算是个精品。如今成了博士了，长这样也就是极品了。"

程曦经常飙的另一句话是："放眼天下，还有哪个女人比得上我？比我漂亮的我跟她比学历；比我学历高的，我跟她比漂亮！"再配上"嘿嘿"两声奸笑，很有点意气风发的派头——因为这点可爱的嚣张，程曦又多了一个被"群殴"的理由。

不过既然读到了博士，多少还是会有点跟别人不一样的地方。

博士生们多半颇有个性，少有服人的时候，但即使是最傲气的人物，也不得不承认韩默的聪明。

韩默自小就是那种会让旁人绝望的天才儿童。程曦在认识她以前，从来不相信有人能写三遍就背下英语单词，但是韩默的最高纪录居然是一个上午三百个单词。程曦觉得不可能，于是抱着那本托福词汇一个个地问她，居然发现她的遗忘率低于百分之五。

程曦当场就崩溃了。

因为这个原因，尽管程曦和韩默关系很好，可是程曦死活都不肯跟韩默一起去自习。她说得好："如果我和她都背同一本书，结果一个月之后，我拿出一本字根字典，翻开第一百页，本来心里还是可以很得意的。结果一看旁边，韩默翻开倒数第十页，我对于背单词就再也不会有任何信心了。"听众皆寒。

另一件事情也很让程曦胆寒。韩默还是电脑白痴那会儿，把一篇三万字的论文存在"我的文档"里，不想天降奇灾，电脑中了病毒，系统崩溃，找来的电脑牛人二话不说，FORMAT重装系统，韩默开机后才发现论文消失了，当场欲哭无泪。可是她从此痛定思痛，苦学电脑，居然成了个中高手，一举考过了计算机三级。

因此，韩默有一种很内敛的嚣张。她曾经淡淡地说："以前我读中学的时候，老师觉得我有点聪明过头，建议我去我们市里的教研所测智商。结果在我们市排名第二。"

程曦难得看到韩默甘于在智力方面屈居人后，不由有点诧异。韩默继续用优雅的语气，慢慢补充说："第一名是我们市从过去到现在惟一的一个国际奥林匹亚数学竞赛的冠军。"

程曦对这种先抑后扬的叙述方式大为倾倒，评论说："此语与孔庆东《遥远的高三·八》中的老师之语有相似之处，也当得是凤头，猪肚，豹尾！"

程曦不算聪明，可是懒得很有办法。她的"懒"是挖空心思，想尽各种方法来提高学习效率，学玩两不误。不管做什么玩什么她都特别用心，一定要得到一点收获才甘心——用韩默的话说，叫做："书山有路玩为径，学海无涯巧作舟。"

举例说来，程曦是韩默见过的人中玩游戏玩得最投入最辛苦的。她从前玩过一个以日本战国时代的历史为背景的游戏。原本对那段历史一窍不通的程曦玩了两个月后,碰到了一个日本古代史的硕士,竟然和他把那段听了都让人头大的复杂历史谈得丝丝入扣,让一直认为隔行如隔山的韩默大为佩服:"我最近没看见你看日本史方面的书啊?"

程曦大惑:"你不是天天看见我玩游戏?"原来这家伙在玩的过程中把那一段时期古日本的势力分布给背下来了。韩默为此询问了不少玩过这个游戏的人,但没有一个能完全记下来的。可见有心与无心还是有所不同。

所以程曦的学习方法决定了她的知识面之杂之广在博士生中都是罕见的。

前面说过,程曦和韩默都算得上标致,个性不仅不像一般人想像中的女博那么怪异,甚至还很有点冰雪聪明、兰心蕙质的味道,因此遭来若干男博的围追堵截。来自计科博士生的"一方面军"和来自生科博士生的"四方面军"曾经在韩默所住的 604 会师,甚至本院的博士生也组织过几次围剿。

男博们大概是认为女博反正没人敢追,加上自己读到了博士之后自我感觉极其良好,连追求女博往往都有点施舍或者稳操胜券、舍我其谁的味儿。但是,对于聪明而且自尊心强的女博来说,接受这种追求实在不太舒服。契诃夫说:"与其被浑蛋所称赞,倒不如战死在他手里。"韩默半开玩笑半认真地说过:"与其被男博所追求,倒不如累死在博士论文里。"

其实既然同为博士,这文凭带来的光圈就不像在他人眼里那么光彩夺目。女人不管读到什么份儿上都还是女人,看重的始终是感情。所以两人就是不买这个账。

这是一个奇异的怪圈,男人们都质疑着女博是不是女人,而女博却往往只会爱上把她们当作女人的男人。

众多男博士们有点想不通为什么两个女博都到了这个份儿上了，还对自己不理不睬。其实他们失败原因却相去甚远——说起来这两个女生都读多了圣贤书，红楼梦看得倒背如流，读得玻璃心肝，水晶脾胃，但智力发展趋势却大不相同：韩默是心里跟明镜儿似的，兵来将挡，水来土掩，让人没半点法子；程曦说来也是个聪明伶俐的，却偏偏在这事上迟钝得很。韩默曾经取笑程曦说：若是有人拿了花站在程曦面前表白，程曦也必然是回头看一眼后头的某路过女生，少不得还要拍拍那男同学肩膀说两句加油之类的。偏偏她读的又和宗教有关，就让人误以为她是有点看破红尘的意思。

拿金庸大侠的《神雕侠侣》里的小说人物比起来，韩默有点像程英，是外柔内刚、明白透顶的性子；程曦就十足像了郭襄，别人的事明白，自己的事糊涂，大事通透，感情白痴。

程曦今天很郁闷，她的"热得快"又烧坏了，MP3 也出了问题。

"我怎么觉得我变成了霹雳贝贝，碰什么电器都会坏。"

韩默不动声色地把自己寝室的电话拿远了一点。

程曦佯装大怒："怎么，这就是你与我的革命友谊？"

以自己一贯的恬淡语气，韩默大义凛然地说道："我本人可以看在我们的革命友谊上，牺牲一点让你碰碰。可是，我们寝室电话又和你没有交情，不必亲身犯险、两肋插刀啊。"

程曦大乐："我原本以为'两肋插刀'的意思是：朋友拿刀来插我两肋，原来是朋友为我而被刀插啊。"

韩默大惊，痛心疾首："是我的错，我不该把你这个观念纠正回来，以后必然有我的苦吃了。"

程曦做得意状。

韩默从懊恼中回过神来:"对了,你说的那个《霹雳贝贝》到底是讲什么的,我怎么好像没看过。"

"哦,那乃是上个世纪80年代一个相当风行的伪科学电影,讲述一个叫贝贝的小男孩,因为出生时有外星人经过,受到影响而身体带了电。他的特殊能力给学习、生活带来很多不方便。最后痛苦的他呼唤外星人把他身上的电给去掉,并且得偿所愿。这部电影的整体思路就是:如果一个人和别人不一样,就会带来痛苦,所以一定要把自己套入整个社会统一的模具,消除自己的特色。此片堪称当年以消弭儿童个性为拍摄指导思想的中国儿童片之代表。"博士的思维方式一向另辟蹊径。

韩默听得边摇头边笑:"其实我们女博也可以说是另一种霹雳贝贝,只因为我们与众不同,比别人多了个学历,我们就要承受不被人当作女人的待遇等等不便。按照这个片子的思路,我们应该统统退学,还电于天,做回普通女人。太可笑了!"

"你看,这里就有一个在《霹雳贝贝》式思路影响下的案例。"程曦把鼠标点向一条新闻:《女博隐瞒学历征婚,男友知道后要分手》。某位女博士只拿本科毕业证书去征婚。一年后,女方认为两人情感已经稳定,于是将自己的学历和盘托出,男友得知'真相'后,立即提出分手,并且责怪婚介所让自己受骗上当。"

这条新闻对同是女博的韩默来说,关注的重点并不是男方的反应,而是一个堂堂的女博怎么会把一般人引以为豪的学历隐藏起来这件事。

其实这也不是不可理解的。

韩默就曾经有过这样的经历:她在火车上被人搭讪,可是当搭讪的男人知道她是博士以后,立刻摆出一副施舍加猎奇的神色,极其无礼地说:"我看书上说,如今各大高校女研究生楼盛行的口头

对很多人来说，女
博士只是一个他们不愿
近视的背影，遥远得如
同海外的蓬莱仙山，不
管那背影之后的容颜是
美是丑，个性是好是坏，
都和自己没什么关系。

——影云雨田　题绘

04. 7.

禅就是：白天愁论文，晚上愁嫁人。是吧？"

不知为什么，可怜的女博们常常不得不一遍又一遍地回复许多不相关的人那些有关婚姻的私人问题。

韩默于是笑眯眯地回答："是啊，我们整层楼的女博士生都枕戈待旦，只要方圆五里之内有男生出现，就会如无数黑寡妇蜘蛛一般倾巢而出，吃得连骨头都不剩……"成功地让那男人讨了好大个没趣。但从此，她不再告诉陌生人自己的学历。

从这件事里，韩默悟到：对很多男人来说，女博士不能算作女人的重要原因，也许就是他们在女博面前很难自我感觉良好。

从前有个娱乐节目做了个随机调查：学习成绩好的女生有哪项优点你最不能忍受？票数最高的回答是"漂亮"。第二是"婚姻好"。会读书，人漂亮，婚姻好，天下的好处都让你一人占去了，让别人怎么活？原来女博的妖魔化，很大程度上和人的心理承受能力相关。

"也许跟别人不一样的确是件很辛苦的事情吧。"

程曦笑："可是我觉得，如果我是霹雳贝贝，与其试图把自己的电力去掉，还不如去学如何把带电的优点发挥到极点，形成自己的特色。"

"你是说我们应该学习如何发扬女博特有的魅力，而不是去和别人竞争平凡。女博士要学习适应自己的与众不同，并且想办法把自己的与众不同经营成特色和优势？"韩默已经对解读程曦的话中话颇为习惯。

"女博士的特点是什么？理性，知识丰富，学习力强。只要稍微发展一下，不就是一个有生活情趣和品味的女人？世界上还有谁比我们女博更适合走知性女性的路线？"程曦露出了她招牌式的奸笑。

"可惜对很多男人来说拥有博士文凭的女人就像拥有不漂亮面孔的女人一样可怕。女博猛于虎也。"

"等等，你这话举的例子就有问题。长得不漂亮真的就嫁不出去？"程曦这种学哲学的家伙，找人话里的漏洞厉害得很。

"许多女人相信，自己没有人喜欢是因为自己太胖、太瘦、不够美、不够媚或者不够高；同时，很多男人也相信，自己追不到女朋友是因为自己太穷、不够帅或者学历低。但事实上，不乏有长相平平的女人被人深爱，而即使是被很多人追求的美丽女人，如果不懂得如何做个真正的女人，也不能得到真爱……"

"哦，就像《欲望都市》①里讲模特儿的那集说的？"韩默微笑。那一集说的是两性专栏作家凯瑞遇到了一个穿梭在众多美女中的钻石王老五 Mr. Big，面对一大堆美丽的模特儿情敌，她提出了疑问：是不是男生们都以容貌为爱情的前提？是不是不够美丽的女孩就没有得到爱情的机会？

"我觉得 Mr. Big 对凯瑞说的那句台词真的很经典——'纽约有许多美女。但事实上，过了一阵子后，你只想跟能逗你笑的人在一起。'其实两个人长期相处，性格和价值取向比相貌或学历更加重要。也许在男权社会里，不够美丽和学历太高一样，都是会让男人在心里扣分的事情，可是并不是说这样的女人就不能得到真正的爱情。凭什么说"学位证不敌结婚证"？我倒觉得女博的婚姻跟学历的关系根本没有人们想像的那么大！"程曦慷慨激昂而乐观的结案陈词得到了韩默几下稀稀落落的掌声。

---

① 美国 HBO 连续剧，讲述发生在纽约曼哈顿四个单身女人身上的故事。她们都事业成功、时髦漂亮，在茫茫人海的现代欲望都市里以友情为支点寻找爱情。尽管这部连续剧由于其大胆的语言广受争议，但对于女性与男性之间的永恒话题提出了不少有趣又有深度的见解，一度成为中国前卫人士的必看作品。

初恋, 总被雨打风吹去

初秋的某天。

　　韩默拿了盘碟兴奋地进了 615 程曦寝室, "看碟看碟, 《耶稣受难记》。"

　　嚷嚷完才看见程曦白着一张脸, 正使眼色呢。

　　韩默这才发现程曦的师兄老杨也在, 立刻心中一沉、眼前一黑, 知道自己犯了大错——就像三毛的"洋蛮"老公荷西一听"童年"两字就会话匣大开, 沉浸其中不能自拔一样, 博士们也往往都有自己的"开关"。在没碰到那个开关的时候, 言谈得体、举止合宜、正常得很。但要是阁下或有意或无意激活此程序, 此人登时上演一出大变活人——面色潮红、双目闪亮、眉飞色舞、滔滔不绝、心动神摇、不能自已, 往深里说是显现出符合"不正常人类研究所"的若干入住条件, 往浅里说就是有点让人莫名其妙。

　　其实讲起自己喜欢的东西话就多, 这点毛病正常人都有, 可放到博士身上就有点怵人——普通人就算再怎么狂热, 从数量到深度

一般人的爱情，恐怕都不过是生活这袭华袍上爬过的无数虱子中的一只罢了，被吸了血，痒一阵子，也不过落几滴泪，就提起精神面对其他人生种种了。而当女博士回首初恋往事，却自有一番高论：被爱总是被人肯定的表示，既然世界上有那么多从来没有爱过我们的人，可是我们都不讨厌他们，那么为什么独独对于一个曾经爱过自己、对自己好过的人却要那么厌恶？爱情里没有谁对谁错，只要爱过自己的人就值得感激！

都多少有个限度，听来也最多算个散文，好歹怡情；博士们则满腹经纶，上知天文下知地理，说到古今中外都是练家子，信息量大，而且颇有深度，一大段、一大段的高深理论劈头盖脑地砸过来，整理出来至少是一大篇的议论文，听久了自然容易让人有点头疼脑热。

此开关因人而异，跟学历史的考证史实、跟学哲学的探讨"学哲学有什么用"、跟学西方美学的请教《林中路》都可归为主动挑衅之行径，说穿了，就是四个大字、一个关键词："专业相关"。

老杨的导师乃是广受哲学院学生爱戴的西哲大牛。他主攻的正是西方哲学中的神学一支，一听说与耶稣相关，这盘碟必然是要看的。可对别人来说在他面前看这个估计就跟主动自杀没什么区别。韩默偷瞄一眼老杨那张兴奋的老脸——危险讯号已然昭然若揭；程曦的脸上则明明白白写着"晕菜"两个大字。

果然这盘碟看得郁闷无比，老杨从士兵给耶稣钉十字架应当钉手腕而不是手心开始，考证了影片的种种谬误；从《旧约》中犹太人乃是被上帝亲自拣选的选民等多处论述，及基督教中某些派别的神学观点出发，认为尽管犹太人犯下了将耶稣基督钉上十字架的错误，但仍应为上帝垂怜的民族，论证了梅尔·吉布森的反犹倾向在神学上的不合理性。其间还引证《环球银幕》中所说老梅的老爸认为"屠杀犹太人乃是谎言"的旁证，证明老梅确实具有反犹倾向。

二女想要观摩学习思想大片的心情被破坏无余，只觉得此片在老杨的旁征博引、不断打岔之下，娱乐性大增，生生成了一部搞笑片。（后来两人吸取教训，专门在看基督教题材的搞笑片时把老杨招来，果然收到事半功倍之奇效。如，老杨不负众望地指出《冒牌天神》中金·凯瑞被邪恶女诱惑时，身后所靠的金牛犊大有文章：此金牛犊曾在摩西上西乃山听取十诫时，将上帝取而代之被众人膜拜，引得摩西将刻有十诫的石板一怒摔坏，自此金牛犊就象征堕落。又把《怒犯天条》如何颠覆西方宗教文化剖析得入木三分，为二女徒增不少生活情趣。此是后话不提。）

程曦仗着与老杨多年交情又是同窗，也就偶尔嗯嗯啊啊地敷衍一下，韩默本来和老杨就不是太熟，加上心思细密做人周全，少不得应酬几句，赞扬仰慕一番。那老杨被程曦这女张飞怠慢惯了，突然碰到韩默这一个性儿好的，如获至宝，越发起劲……

影片看到一半儿的时候，大概是老杨觉得前面那些话题的深度还不够，不足以酬知己，干脆脱离电影主题，直奔着中世纪神学泰斗奥古斯丁就去了，二女不由心里同念一声"苦也！"

突然，电话铃没命价响起来，程曦蹿过去接了两句，忙不迭地答应着，"好，好，我就下来"，乐得借着有人约，乘机溜走，也不敢看韩默眼中千言万语，背上包，对老杨交代了一声，拔腿就走。老杨正说得兴起，随便应了一声，只将韩默抓住直聊到影片播完，还又聊了两个小时又二十分钟。

这一棋局以钉刑考证开盘，以奥古斯丁思想中盘大战，到近代神学大家蒂利希收官，基本把整个神学史梳理了一遍，端的是好一番大战。

此后老杨对韩默此人惺惺相惜，青眼有加，认为韩默的确是个人物。

韩默好容易藉晚饭这个借口才把依依不舍的老杨送走，对临阵脱逃的程曦一肚子的不忿，满心要等这不顾江湖道义的家伙回来口诛笔伐。谁知道从下午五点等到晚上十点半，程曦还没有回来。平时她就算不回来，也会给寝室打个电话，或者给韩默发个短信，说明白要不要留门。

眼看宿舍到关门的时间了，韩默到 615 一问她还没有回来，开始有点担心了，拿出手机给程曦发了个短信，却听见那充满活力的铃声从程曦床铺的最深处热烈地闹腾起来。

韩默一肚子担心也忍不住笑出来，看来老杨实在够威够力——程曦走得当真火急火燎，竟然连自己手机也忘了带，只得回了 604。正没理会处，寝室门响，却是程曦这叛徒探头探脑地回来报到。韩默担心了半晚，已经没了气力发作，只拿一双眼上下看她："哪里来的小毛贼，推出去斩了。"

程曦也是个伶俐的，立马作揖打千，沉痛万分地检讨道："林妹妹，都是小的错，小的猪油蒙了心。"

韩默玩心大起，拿起一包面巾纸丢入程曦怀中。

程曦反应奇快，赶紧作势抹泪，样子滑稽。

韩默本来就不是真气，这会儿更憋不住"噗哧"一笑，架子也就端不起来了。

程曦又换了凤姐的和事佬架式，"好了，好了，还不跟着我到老太太跟前，叫老人家也放点儿心呢。"

韩默把脸一板，"够了，你还要和我把《红楼梦》里的那一回演全了啊？" ①

程曦这才停了耍宝，把韩默肩膀一搭，"有时间没？我有事说。"

"什么事？"

程曦没有立刻回答，面上五味横陈，神情极为复杂，看去有几分郁闷、几分矛盾，还有几分好笑。

韩默看在眼里，也不多说，"江荔这几天回家了，你干脆过来睡，我们夜谈好了。"

按：夜谈乃是女生寝室的光荣传统之一，交情好的女生往往会同宿夜谈，夜谈不仅是养成良好友谊的方式之一，也是众多或正确或错误的资讯交流方式。记得笔者大一时寝室曾经以男生是否来例假为题，讨论了一夜，最后结论是"来，只不过男生的是白色的"。可见上世纪70年代生人的生理卫生知识之普遍缺乏。这份单纯恐怕是现在各方面知识来源极其丰富的孩子们所不能理解的了。

程曦洗漱完毕，抱着一个枕头就来了，自我感觉像夜奔的卓文

---

① 两人模仿的乃是《红楼梦》第三十回《宝钗借扇机带双敲　龄官划蔷痴及局外》中的经典片段。原文为：宝玉……不觉滚下泪来。要用帕子揩拭，不想又忘了带来，便用衫袖去擦。林黛玉……便一面自己拭着泪，一面回身将枕边搭的一方绡帕子拿起来，向宝玉怀里一摔，一语不发，仍掩面自泣。宝玉见他摔了帕子来，忙接住拭了泪……一句没说完，只听嚷道："好了！"宝黛二人不防，都唬了一跳。回头看时，只见凤姐儿跳了进来，笑道："老太太在那里抱怨天抱怨地，只叫我来瞧瞧你们好了没有，我说不用瞧，过不了三天，他们自己就好了。……还不跟我走，到老太太跟前，叫老人家也放些心。"

君或者和番远嫁的三毛。韩默已经把床铺好了，两个女人钻在被窝里，头凑在一处。韩默笑道："青天大老爷在此，你可以招供了。"

"下午我被老杨这破落户儿聒噪得受不了，正巧小老乡找我，说她男朋友想问我考研经验。我就答应了。一去，发现小老乡除了自己的男朋友外，还带了一个人来，说是她男朋友的同事，也是想听听考研资讯的……"

"然后？"

"……"

程曦在选择是捧腹大笑还是仰天长叹中，挣扎了半晌，最后苦笑一声，叹口气道："你说 A 市怎么这么小？那厮竟然是我前男友的一个死党。在我们分手后，只要遇见我就怒目而视，并且一直坚持到毕业。"

世界上比碰见旧情人更加郁闷的，就是碰到他的某个"忠心耿耿、两肋插刀"的死党。

初恋其实很简单，不过是在想要恋爱的时间，碰到正确的或者错误的人罢了。

感情的事，原本就说不上谁对谁错。双方都是初恋的成功几率，或许比一个人一辈子被雷劈中两次的几率还要小。两个人现时尽管各自悲哀，但总有一天会变成可以微笑回味的美好回忆。程曦年少读《少年维特之烦恼》时，就对歌德所说的"我爱你，与你何干？"深以为是。恋爱时所需要负责的，不过是自己罢了，与任何人包括对方的关系都不太大。

可怕的是旁边人偏要强出头，插上一脚，将一段好好的回忆染污成一摊白墙上触目的黑球印。

而且，从学术的角度来看，以对某人的敌视来证明自己和另一人的友情实在是一件非常可笑的事情。"朋友的敌人就是我的敌人",这种政治逻辑用在生活里就有点强盗(政治上的很多逻辑用在生活里都有点强盗),无论从哪边看都明显是犯了"依人不依法"①的学术错误。

　　程曦的肩膀整个垮了下来,把一张脸埋进枕头里,"这还不够,那家伙居然是考了五年的考研族。他一看自己五年都没考上,而我居然已经读到了博士,还去给他介绍考研经验。那个怨毒啊……眼光要是能变成刀子,我这会儿恐怕已经被凌迟处死,变成袁崇焕了。"

　　她满腹憋屈,恨不能化身为狼,对着窗外的月亮狂啸。

　　韩默这会子大乐:"谁叫你抛下我独自忍受老杨的煎熬,遭报应了吧?"

　　程曦从因果论的角度一想,恶因原该得恶果,原本的一肚子不忿倒也心平气和了。

　　女人读到博士,也小有一把年纪,感情方面自然不会一片空白。两人都曾经沧海过。

　　不过,韩默乃是和平分手,至今仍偶有联络,电话中虚伪地互相问候几句;程曦此人干脆之极,觉得"甩掉的男朋友,泼出去的水",根本不耐烦应酬此人。二人的性格之不同可见一斑。在外人看来,未免觉得程曦的涵养不如韩默,韩默反倒羡慕程曦的快意恩仇。

　　韩默与前男友是同学,所以每当同学聚会,都要彼此尴尬虚伪地互相问安。

　　身残志坚的楷模——拜伦勋爵曾说:"假若他日相逢,我将何

---

　　① 原为"依法不依人",意思是学习中最重要的是真理,而不是老师这个人,为佛教提出的基本学术态度"四依四不依"之一。

以面汝？以沉默，以眼泪。"亦舒想是爱煞了这句话，故此在自己的小说里频频引用。然而，有过一点生活经历的人都知道，若拥有这样凄婉缠绵的爱情故事乃是一种福气，需要耗费大量的时间精力。

一般人的爱情，恐怕都不过是生活这袭华袍上爬过的无数虱子中的一只罢了。被吸了血，痒一阵子，也不过落几滴泪，就提起精神面对其他人生种种了。

深究起来，韩默管前男友叫"Mr. Wrong"；程曦则把她的称为"别人的 Mr. Right"。只怕程曦反而看得豁达些。

正如男人的友谊往往是拳头换来的一样，女人的友谊常常是通过交换彼此的秘密来加深的，所以当友谊进行到一定程度，必然会有这种倾诉时刻出现。

两人聊得兴起，韩默居然把以为早就丢到爪哇国的初恋记忆一点点唤回了：

话说那是韩默大二时，身边大半朋友已身中情箭、纷纷落马。韩默所读的乃是有名的尼姑系——外语系。报外语的本来就是女多男少，正巧那年学校对调换系别放宽要求，又逢 IT 股大热，但凡数学过得去点的男生都跳去了计科系。全年级只余下十几个男生，若平均分下来，一班只有四点五个。

"古时候"，娱乐活动少，电脑也没有现在普及，学校外的录像厅和舞厅就成了课外休闲首选之地。因此外语女多半通过跳舞结识男友。但年少气盛的韩默觉得混迹舞场的男生殊无出息，并不首肯这种交友方式，这才蹉跎到大二年华。

正巧另一位和韩默同样混迹于图书馆的同学，对她颇有意思。韩默一是受身边人影响，二是文人气质发作，认为会看书的必然不是坏人,居然就答应了。

那书呆子兴奋得连看了六十多本言情小说发蒙,以为书中自有颜如玉,读过万卷书就能成情圣。结果纸上谈兵毕竟不是耍子,自学成才这种方式也不一定适合情路,把言情小说中的一套搬来生活中,出尽了洋相。

一个男生常常学言情片作深情款款状说"我好爱你!你好美!"之类,并且努力把现实生活排除在外,光想来也有点让人心惊肉跳。初恋的韩默虽以为人人如此,却也有点消受不了,更何况还要按对方要求配合作陶醉状……然而中国人的情感教育之匮乏位居世界前列,聪明如韩默之辈对于爱情也是懵懵懂懂,于是乎居然稀里糊涂地坚持了几个月。

不料几个月后,那小子提出要带韩默回家吃饭。韩默心下觉得还不是时候,不肯登门,可是架不住他软磨硬泡一求再求,只得怀着忐忑不安的心情去了。

毕竟是初次见家长,女生心里多少都还是有些期待的。

谁知道,这一去宴无好宴。看家居也算得个小康人家,却只有两盘小菜待客。那位伯父一边深切自责,一边嚷嚷着要去买菜;一双利眼却看牢韩默。韩默是何许人也,自然省得这是长辈考验来了,当下拦着伯父,香甜地吃完这餐。

虽然伯父被韩默的表现哄得龙颜大悦,她心里已自凉了一层:要看人品,日后有的是机会。见人之前先防人,终究不是厚道人家的所为。

饭后伯母出马打探韩默的家境,听韩默谦虚了几句,就以为她真个家境贫寒,拿新马泰之游出来吹嘘,话里话外暗示韩默高攀。韩默看着她一脸得意,吓得不敢接话,只怕不小心说了什么,挫伤这位母亲大人独特的荣誉感。

但最可怕的是，连伯父和那男生都聚在边上，满脸得色，看去只觉这家人格局忒小。

自此韩默渐萌去意。正待提出分手，那男孩家中忽有变故。韩默觉得雪上加霜不是君子所为，陪那男生四处奔波，动用家中关系摆平此事，故此又蹉跎了数月。所谓患难见真情，那男孩经了这事，倒更对韩默动了点真感情。韩默也不是看不出他的真诚，故此几次要开口分手，都心一软，咽了回去。

不料经此一役，那男生家长充分认识到韩默的身家背景和价值，竟鼓励那小子生米煮成熟饭。

原本这个战略的指导方针十分准确，依韩默从小受到的家庭教育和当时大学生的单纯劲儿，若真遂了他的意，极有可能两眼一闭、心一横就这么嫁了。

可惜那小子毕竟年少青涩，突然接到这个指示，又兴奋又为难，书呆子只知道"书中自有颜如玉"，满世界找有"指导意义"的书和碟，只看得血脉贲张。

满心想要跟韩默提出，又怕她会生气，想了几天，居然想出一个奇招：乘韩默在时，假装不注意把"参考资料"半藏半露地放在韩默身边，自己借词外遁。心里打得好如意算盘：韩默必然会打开来看，从面色便可看出她接受还是反对，免了正面交锋。只可惜他的演技有问题，被韩默看出端倪，一逼问，则招供不迭。这种虚伪而没有担当的怯懦表达方式对于自尊心极强的少年韩默来说，比直接提出更为让人厌恶，只觉得"其心可诛"。

年少气盛的韩默当场大怒。

书呆子呆起来真真无可救药。招供之后，这厮对韩默的强烈反应大惑不解，引用华盛顿砍倒父亲最心爱的樱桃树，却因诚实而被原谅的故事，表达了韩默不仅应当原谅自己并且还应被感动得主动献身的意思。韩默花了半晌才从他的嗫嚅中听明白这层意思，一下子心冷到谷底。自此日渐疏远，找了个理由礼貌分手。

这一段可笑的恋情对正处在思想定型期的韩默伤害不小，很难忘怀。太过聪明的人物往往敏感而且容易钻死胡同，所以很多时候从同样的事情中受到的伤害都比一般人来得大。此事的后遗症有二：一是韩默从此对文科男生敬而远之；二来就像一个人第一次下舞池，就摔了个大马趴，以后就不太敢接受邀舞一样，对于爱情，韩默多少有了点心理障碍，觉得对于那些在身边围绕的陌生男人很难投入感情。故此，以后几年对身边的诱惑听若罔闻，视若无睹。

亏了这段恋情，韩默这才心无旁骛地跨专业考上了研究生。

程曦不过往空中随便抛了块砖，没想到引出这么段曲折的故事来，只听得连声感叹，倒抽 N 口凉气。

学哲学的，总是忍不住要在任何故事中引出点什么道理来的。听完以后，程曦点评道："所谓初恋，往往不是教你什么是爱，而是教你什么不是爱。"一句话就将这个恋爱故事提升到形而上的高度，让韩默暗道一声佩服。

但接下来，她却说了一句叫韩默意想不到的话来："可是，即使是这样，我还是觉得你该感激他。"

韩默把一个不愉快的初恋憋在心里几年，今天把程曦当成知己说出来，满心要得到一大筐同情，却得到程曦这样另类的建议。要是换了旁人，只怕恨不得立时扑上去，敲破这不怕死的丫头的脑袋。

可惜韩默已经被万恶的研究生教育毒害，故此深以为宽容和倾听异议乃是学者的本分。她居然本着一颗赤忱的学术良心，谦虚好学、不耻下问地问了句："为什么？"

程曦这厮脸不红气不喘，厚着脸皮答曰："我现在困了，头脑不清楚，等我睡醒了再说。"倒头作势便睡。这下子韩默倒真气得牙根痒痒的，只想就着程曦白皙的后脖子咬上一口。

程曦噗哧一笑，回过头来："逗你的，气到了没？"

韩默拿这惫懒东西实在没有办法，无奈一笑。

程曦正色曰："首先，爱情里实在没有谁对谁错，只有彼此配不配。也许你们就像一件红色的衣服和一条紫色的裤子，分开来看都是好的，可是放在一起就很难看。所以，不能因为你和他在一起不愉快就否定对方。其实，甲之熊掌乙之砒霜，虽然你受不了那个男生，可是地球上一定会有某个女生觉得他是最好的。你同意吗？"

韩默觉得这个论证很有道理，于是本着学术良心，满心不情愿地点头。初恋之后，韩默一直避免回想这段过去，就是想，也都是纳闷到底自己错在哪里。今天第一次试着从不同的角度来看待这段不愉快的过去，突然觉得：原来纠缠在谁对谁错里的自己，已经被无辜地束缚了太久。

"其次，不能因为这样就否定爱情。坦白说，你这种做法就像小孩子，第一堂课挨了老师骂，之后就不肯去上学一样，有点幼稚。我觉得对于失败，应该拥抱，不该逃避。你从初恋里面还是学到了不少东西吧。所以不能算赔本买卖。爱情里面还有很多美好的东西，如果因为害怕就不肯去爱，那才是真正的赔本买卖。还记得前两天我们看的普希金那首诗吗？"

韩默在心里默默地回忆隽永的诗句："假如生活欺骗了你，不要忧伤，不要哭泣。相信吧，美好的日子即将来临，而那过去了的，都将变成美好的回忆。"

年轻，便享有可以毫无忌惮地伤害和被伤害的权利。于是很多时候，回想起年轻时候的爱情，不免会有点幽默感地联想起佛教中战况惨烈的修罗场。但读了博，想想年纪和学历，还要那么激情似乎总不太合宜，就算装一装也该是云淡风轻的味道吧！

——彩云雨田　题绘

04.3

　　无论如何，被爱总是被人肯定的表示，理应感激。既然世界上有那么多从来没有爱过我们的人，可是我们都不讨厌他们，那么为什么独独对于一个曾经爱过自己、对自己好过的人却要那么厌恶？

　　"最后，你有没有想过，幸亏他的无知、幼稚，你才能全身而退。你想，要是你那时候碰到一个情场老手，以你那时候的笨拙，还不要缴械投降，那可能真就一失足成千古恨了。如果那次恋爱不这么失败，以你这种有爱万事足的个性，很可能早就和某个追你的人结了婚，生了孩子，也不会读到博士吧。所以总的说来，还是该感激他一下吧？论证完毕。"程曦调皮地笑了。

　　韩默在黑暗中睁开双眼，希望黑漆漆的天花板上能有一条深邃的时空隧道大开。她想走回那个不愉快的时候，告诉当时决绝的年少韩默："其实，不需要介意这段失败，因为年轻时候的经历都是会过去的，而且总有一天会变成美好的回忆……"

　　可惜，本书不是《此间的少年》，作者也没有把它写成网络上盛行的玄幻小说的意思。韩默没有等到期待中的时空隧道的出现，她只是释怀，入梦，大睡。

　　次日，两个回首过去的女人睡到下午才起床，发现聊了一夜，腰酸背疼，头昏眼花，才知道原来回忆往事，是件极其辛苦的事情。

　　回头看往事看多了，真的会像《圣经》所说的变成盐柱①呢。

　　程曦那个前男友的死党经过了两天的思想斗争，还是自己的利益占了上风，居然跟程曦打电话，要她再帮忙提点提点。

────────

　　① "盐柱"的典故载于《圣经·旧约·创世记》第十九章，当上帝耶和华以硫磺与天火欲焚毁罪恶之城所多玛和蛾摩拉时，事先通知义人罗得全家出逃，并叮嘱逃亡路上不能回头，但他的妻子违背了神的交代回头看了一眼，就变成了一根盐柱。在神学上认为这个故事意指人对罪恶的眷恋比对神的话语的信任更多，故遭此惩罚。

黄蓉为什么不嫁欧阳克

　　某个神清气爽的早晨,韩默还在梦中和周公谈人生谈理想谈五讲四美三热爱,电话铃声突然大振。韩默阴险地决定使用三十六计里的"假痴不癫"——假装没醒。满心希望熬到江荔受不了噪音起来接电话,不料江荔居然大喊一声:"韩默,接电话!"

　　这种事,原就是胜者王侯败者寇的。韩默的阴谋敌不过江荔的阳谋,只落得个失败的可悲下场,只得撑起身子,梦游到桌边,拿起听筒,迷迷糊糊地应了声:"你好!"

　　电话那头传来一个熟悉的男声:"小韩啊!还没起床?"

　　分辨出这个声音的瞬间,韩默就吓得醒了,"老师好!起了起了,在床上看书呢。"

　　正所谓"君子可以欺之以方",老先生不疑有诈,"今天没事吧?"

　　"啊,没有没有。"

　　"你今天下午三点过来一下我家吧!"

"海龟"把韩默的沉默当作害羞和芳心暗许——在中国，女博士很难找到身份相当的对象，在国外读过书的自己当然又比一般的男博还要高上一层。基于这种逻辑推理，他认为韩默一定会欢欣鼓舞受宠若惊地接受他的追求。就像欧阳克追黄蓉：一个是东邪的女儿，一个是西毒的后人，门当户对；通音律，懂风雅，学历相当；要长相有长相，要地位有地位。从世俗的眼光看来，整个《射雕》里他的客观条件至少比郭靖更配得上黄蓉，难怪追得那么自信满满。

"好，好！"

"……"

长时间的停顿之后，老先生突兀地冒出了一句毫不搭调的话："打扮得漂亮点。"

韩默在一长串习惯性的"是是是，好好好"中还没反应过来，电话就被急急地挂上了，剩下韩默独自呆呆地听着电话那头意味深长的"嘟、嘟……"声，仿佛一个老人寂寞的独白。

江荔发现不是找自己的，理直气壮，一肚子怨气地在对面嘟囔了一句："大清早也不让人睡好觉。"

跟睡懒觉的人讲道理乃是全世界最愚蠢的事，韩默当然没有这么笨。她只是静静地坐着，发了好一阵呆。

在初秋的晨光里，韩默的侧脸有点透明，眼神有点迷惘，很有点风华绝代的味道。江荔从迷蒙的睡眼里看过去，心里有点自惭形秽，一股酸劲冒了上来，气鼓鼓地翻了个身。这个特写镜头对很多坚持认为女博不能算女人的人来说，仿佛是一个极佳的反驳。

这就是读到博士的好处了。读了博，就是发个呆，别人也会当作是一个充满了知性的女性在思考人生、寻求答案。可是真相往往出乎人的意料，博士生们多半晚睡而晚起，所以韩默只是一时起得早了，正在倒时差中恍恍惚惚而已。

当韩默从貌似沉思而实则做梦的状态中慢慢醒过来时，除了记在便条上的时间地点以外，老先生的话已经和着没做完的半个梦一起烟消云散了。

不知不觉，中午到了。

程曦拎着饭盆，穿着一件大方雅致的灰色呢裙，配了双黑色小马靴，衬得腰身格外窈窕，笑盈盈地晃到 604 享誉全楼的"美人镜"（女生们总是能神秘地发现全层哪间寝室的镜子照出人来比较漂亮）前面绕了一圈，说道："吾日三省吾身材！"

韩默含在嘴里的一口水险些喷出来，"可怜那些古人造了什么孽，老人家们辛辛苦苦写来诲人不倦的语录要天天被你这样糟蹋。"

"嘿嘿，我这是用后现代的手法解构传统观念。"

"是啊，你是才华'横'溢——才华都属螃蟹的，横着走，从不走正道。对了，我前两天路过一座破庙，一副对联只剩了上联：'法无定法，非法即法。'韵味挺足的。我想了半天，到底专业不对口，对不上来，你想得到吗？"

人们经常觉得博士们就应该一开口就天花乱坠，非要像那些令人丈二和尚摸不着头脑的大闷片才好，因此往往认为博士应当不亚于外星人。所以有机会接触博士的人们，一旦发现博士说的话居然能让人听得懂，常常大大地失望。然而他们没机会看到的是：一旦和专业相关，那个刚才吹牛胡说比老百姓还老百姓的人士就会立刻显露出超人的专业能力，反差之悬殊让人怀疑是不是刚

05. 2

沉思是一种常常被女人忽视的
美丽表情,女人若能学会沉思,她的
美便平添了许多让人回味的悠长意
蕴。同样可惜的是:当男人懂得欣
赏这种知性时,多半已经早早地娶
了一个浅薄的女人。

——彩云雨田　题绘

才的同一个人。

程曦随口答道:"了有善了,不了了之。"

韩默斜睨一眼这个刚才还在欺负曾老夫子的无赖女,不由得心中佩服。端起饭盆,拎起水瓶,同去打饭。

食堂里正吃着,程曦突然对韩默说:"我接了个课。"

对文字反应敏捷的中文系博士生韩默乐得险些被一口饭噎死,这句话顺风飘到一个过路男生的耳朵里,吓得他左脚差点把右脚绊了个趔趄。

程曦这才反应过来,"想歪了,课堂的课!"

韩默只顾着怎么才能优雅地把那口饭咽下去,模模糊糊地吭哧了几个语焉不详的发音,以示理解。

"是一个企业的二世祖,年纪也不小了,原来读了个大专,不久前用钱买了个英国什么劳什子学校的本科,要出国读书。现在急着找人教两个月的口语,指定要英式的。"

"那不是只有你了?"现如今,"美帝国主义"横行全球,中国凡有志于英语的大学生"全民皆美",都学的美式口语,像程曦这样对英式口语情有独钟,居然还学业有成的实属凤毛麟角。

"那是,就找到我了。上午给我打的电话,今天下午试讲。"

"你不是最讨厌没出息、花家里钱的败家子;又最讨厌没本事学习,靠花钱出国的人,说影响我国在海外的形象?这人身兼你最讨厌的两点特质,你居然还教?"

程曦叹了口气:"不是我军无能,是敌方的价码太高,他开出一小时一百二十块大洋的价格,每周三次,每次三小时,还包一顿饭。找个清静的茶楼喝喝茶,随便聊聊英语,不动脑筋两个月就近万了,都够让磨推鬼的了。"

同样身为清贫的中国高级知识分子的韩默立刻毫无骨气地喋

声。

中国高级知识分子待遇的严重低下可以从博士们的生活中反映出来——在职读博的博士们有单位有工资，还算好。如果是脱产读博的，晴川书院的公费博士们每月也只有四百大洋的津贴，可是食堂里一个带肉的菜就要三四块，还要买大量的资料书，所以省饭钱买书的大有人在。

在博士群里，营养的严重不良和高强度的脑力劳动形成了强烈对比。

每隔个半年，食堂门口就会出现为某身患重病的研究生募捐的同学，布告栏里贴出的讣告里，去世的教师有一小半都在五十岁以下，整栋楼的研究生患有或轻或重的神经衰弱和失眠的超过半数。而晴川书院居然还是全国各大学中津贴偏高的。

难道有人千辛万苦养了头猪，眼看膘肥体壮就要出栏，却几周不给它吃饭，生生饿瘦饿死，再毫无经济效益地埋了的吗？可是不知花费了多少人力物力财力才培养出的博士，却让他们在正是出成果的壮年，死于经济拮据造成的营养不良而引发的各种疾病。怎么算，这笔账亏的都不只是这些清贫的知识分子们吧？

下午，为五斗米折腰的程曦"咬牙切齿"地出去靠洋文挣钱。韩默对着电脑打了一个小时论文，看看时间差不多，起身往教师住宅区迈进。

花开两朵，各表一枝。

某个清静的咖啡座的某个靠窗的座位，那小老板本以为会见到一个面目狰狞、言语乏味的女博士，等到的却是"明艳照人"的程曦，立刻呆了。差点失神地问出一句："女博士也穿裙子？"

学人文的程曦侃书还不容易,说了些英语的奇闻轶事,什么英语的三大来源是希伯来文、法文和英国本地土语之类的,就把他给震了,当堂拜师。这一堂课上的自然是宾主尽欢。

程曦在茫然不觉中完成了一个在商界为女博正名的伟大功绩。

同样清静的某教师楼的某个客厅的某个不靠窗的沙发上,韩默有点如坐针毡。

对面,敬爱的师母一脸慈祥:"小韩啊,我是看着你从研究生读上来的,一直觉得你是个挺不错的孩子,现在也该有个对象了。小吴是在美国读了电子的博士回来的,现在在我们学校任教。我看你们还挺配的。介绍你们认识认识。"

那个海归大概漂流在外很受了不少苦,满脸的油都快溢出来(在国外菜比肉贵,最便宜的是鸡腿,靠奖学金生活的留学生们往往越穷越胖血脂越高,回国之后很长一段时间都闻鸡色变)。人倒是蛮热情的,看着韩默温婉的面孔和柔顺的长发,他露出了满意的笑容。

师母乘热打铁,"今天太阳这么好,你们出去散散步吧,我年纪大了就不跟你们年轻人一起走了。"就这么把两人赶出了门。

临出门,师母悄悄对韩默说:"你这孩子,我不是特地让你老师跟你说打扮得漂亮点么,怎么还是这么素?年轻人就是要穿热闹点才好看。"韩默这才明白过来……

两人沿着一条林荫大道走了下去。

晴川书院的特点之一就是风景优美,校内自有山水,一人不能合抱的绿树成荫,不怕人的小鸟衔花香从曲径掠过,不时从某片树林里飘出优美的乐器声——箫声、笛声、黑管、小提琴不一而足,是谈情说爱、陶冶情操、锻炼身体的绝佳地点。

尽管在晴川书院待了快八个年头，韩默还是总忍不住会被晴川书院的美景触动。

抬起头，错综的树枝带着一年最后的绿叶,把天空和浮云切得如同哥特式教堂中华美的玻璃彩绘；高耸的树梢上洒落一大把金币般的秋日阳光。她忘了目前这种尴尬的处境，满足地轻叹一口气:"虽南面王不易也。"所以当身边响起的声音不是熟悉的程曦而是一个煞风景的陌生男音的时候,韩默有点被吓着了。

"你叫什么名字？"

"韩默。"

"是哪里人？"

"湖南。"

"学什么？"

"古代文学。"

…… ……

简单的一问一答中，韩默有点恍惚，似乎回到了大一时候的英语角。大一的孩子们多半有着极其高涨的学习激情，所以往往把英语角当成非去不可的圣地。可惜英语角的男生总是多过女生，而男生又往往口语极差而热情度极高，所以常常会不厌其烦地用各种口音的英语问许多极其简单的问题:

"What's your name?"（"你叫什么名字？"）

"Where are you from?"（"你从哪来？"）

"What do you study in?"（"学什么的？"）

…… ……

所以当韩默去英语角去到第三次，回答这些问题超过二十次以后，为了不再回答这些问题，她把自己从英语角开除，转为自学，成绩也自斐然。

对于韩默这种真性情之人，相亲是一种让人手足无措、五内俱焚的事情。由于要在短时间内赢得对方的好感，坦率和真诚都不是太适用的武器，而是要像模特一样，在一举手一投足间尽可能地把自己一切经过装饰的美妙之处展现给人看。

——彩云雨田 题绘

05.1

"躲了这么多年，这些问题居然又阴魂不散地在这里出现了，看来一个人一生要回答同样的问题多少次是有定数的。"韩默躲在表面的温顺中，苦中作乐地想。

晃晃头，她试图把这些混乱的胡思乱想丢开，决定让自己从应酬中休息一下。问了一个"开关性"的问题："你在美国待了几年？"

这个问题显然搔正了海归的痒处，他立刻满面红光地大谈起美国的月亮是如何之圆。

倾听，是了解人的最好方式。听了十五分钟之后，韩默郁闷地发现，尽管海归中有许多优秀风趣的人士，但眼前的这位却是一只在她所遇到过的所有海归里，最没有意思的"海龟"——如果男人的成熟阶段有九级，他还停留在如孩子般炫耀自己而不知道关心他人的初级。

他之所以能这样放心地吹嘘，是因为出国留学如入黑社会，普通人不知道里面的底细，觉得很神秘，留学的人则不论多苦多累，统统对外统一口径，异口同声来保守其中的艰辛。千辛万苦才得到一张洋文凭，怎能不摆摆架子，在家乡父老面前死撑住这点面子？

目前出国对很多中国人来说多少还是一件值得仰慕的稀罕事。所以回国以来，他并没有碰到牛皮吹破的时候。有时，谎言重复得多了，他自己也有点相信自己是在金发和黑发美女的仰慕中，过了多年神仙般的日子①。

很不巧，韩默的一位至交师姐正好是海归，上世纪 90 年代初办了陪读，随夫出征美利坚，以优异成绩拿下博士学位后，转战欧

---

① 国外的硕士文凭好拿，但博士难读，读个十年八年是经常的事情。如果碰到一个变态的博导，拿人当牛做马，就时间更长。

洲诸多国家工作,最后还是回了国,在本校任教。她将留学生的种种辛酸都和韩默长聊过——包括在外的中国留学生的男女比例是11∶1!

"海龟"把韩默的沉默当作害羞和芳心暗许——在中国,女博士很难找到身份相当的对象,在国外读过书的自己当然又比一般的男博还要高上一层。基于这种逻辑推理,他认为韩默一定会欢欣鼓舞受宠若惊地接受他的追求。就像欧阳克追黄蓉:一个是东邪的女儿,一个是西毒的后人,门当户对;通音律,懂风雅,学历相当;要长相有长相,要地位有地位。从世俗的眼光看来,整个《射雕》里他的客观条件至少比郭靖更配得上黄蓉,难怪追得那么自信满满。

所以,他居然自然而然地把手往韩默的腰上搭了上去。

韩默吃了一惊。她虽然不至于保守到"男女授受不亲",但对于一个基本陌生的男人的亲密接触,也不大消受得起,只得把步子放大,往前紧走几步,逃开这只不速之手。

"海龟"毫无感觉,以孜孜不倦的科研精神继续把手放在韩默腰上的课题。于是乎,韩默只能继续大跨步向前走。

两个人一个"追",一个"逃"。韩默突然想起"逃之恋"这个恶俗的电视剧名字,觉得实在滑稽,对着天空微笑了起来。

"海龟"提出请韩默吃饭。两人在"海龟"洪亮的声音伴奏中,留下一片杯盘狼藉,各自打道回府。

晚上,韩默接到了师母关心的电话,告诉她,"海龟"对韩默印象很好,然后用了半个多小时来强调"海龟"未来辉煌的事业,保证他绝对是一只优秀的、具有持续成长潜力的蓝筹股。

韩默唯唯诺诺半小时后,放下电话,心里多少有些彷徨。无论何时何地,对任何女生,一张长效保值的饭票还是具有一定的吸引力，尤其是对找对象异常艰难的中国女博士。如果从客观条件看来，这个人的确是个不错的选择。

她决定去"615俱乐部"晃晃。

因为程曦的室友是本市的，又结了婚，所以多半都在家里住，只有第二天早上有课时才会到学校住一晚。程曦形同独住。

615寝室向阳且配了空调，因此冬暖而夏凉。加上程曦人缘好，脾气佳，肯吃亏，经济条件不错，最棒的是心里素质够强，写论文从不怕声音干扰，因此615就自然而然地变成了本层女博士生的娱乐室。

读博士实在是个辛苦而且极其耗费脑力的工程。为了自我调节，博士们在偶尔空下来的时候，都会尽量从事一些不费脑筋的活动，看些不需要动一点脑筋的书。因此，每次都会看到一堆各种稀奇古怪专业的高学历女人在那里快乐地嗑着程曦买的瓜子，喝着程曦打的开水，看着程曦提供的八卦杂志，闲闲聊天。

韩默在人声嘈杂中，反而感到慢慢平静了下来。

"砰"的一声，学社会学的老赵进了门，程曦笑问："'崩溃'，来干嘛？"

老赵恐怕是615俱乐部成员中，外貌和传说中的女博最相符的一位。但她性情极其幽默可爱，广受大伙喜爱，在女博中的人缘之好甚至超过程曦。可惜女博士找对象的最大困难是没有多少机会认识男人，或者很难有能和男士长期相处的机会，她一肚子的锦心绣口没有机会让男人看见，自然也就没法被人赏识，所以至今还是孤家寡人。她因此自嘲说人家是"绣花枕头一包草"——好歹有人看，她是"草编枕头内绣花"——白瞎。

老赵的口头禅是"崩溃"，一天要崩溃十几次，所以程曦干脆给她起了个外号叫"崩溃"。自从看了《47楼207》，她还经常仿孔庆

东"'庇毛'真'庇毛'"的句式,说:"'崩溃'今天真'崩溃'。"

不出所料,她的第一句话就是:"唉,我真的要崩溃了!"

大家都乐了,看杂志的把杂志放下,玩电脑的把鼠标丢了,都等着听她发表高论。

"我今天看了一篇报道,说有两个博士因为学术问题争执,离婚了。"

"怎么回事,怎么回事?"

八卦新闻因为有松懈大脑的功效,历来为女博们所喜爱。

"就是南京一个哲学博士因为妻子不同意他的学术观点居然与妻子离了婚。学历相当的婚姻也不幸福啊。唉,彻底打击了我对嫁高学历的信心。"老赵的个人问题还没有一点解决的趋势。

韩默听在耳里,正合自己的思绪,不由心里一动。

这下子,大家七嘴八舌地讨论起来,反正闲嗑牙不上税。有的说博士就是太死板;有的说嫁个不同学科的,比较没有这种危机;有的说,还不如找本科的,差距够大,想为学术问题吵都吵不起来。结过婚的没结过婚的,有对象的没对象的,嘀嘀咕咕、嘻嘻哈哈、唧唧歪歪,闹成一团。

程曦懒懒地插了一句,"叫我说啊,这跟什么博士不博士没一点关系,就是他们爱得不够深。婚姻是否幸福,只和爱情有关,和学历无关。只不过都是博士,不用为经济

原因委屈自己，所以不愿凑和着。"声音不大，一下子就淹没在一大堆莺声燕语里，没人理会她。

但韩默听在耳朵里，却仿佛晴天里起了个霹雳——幸福，自己在左右权衡之中，独独忘了幸福才是婚姻的目的。

那一刻韩默深感博士有博士的好处，怎样都有口饭吃，所以可以独立自主地选择自己的爱情，而不必为饭票所左右。她下了决心，宁可选择一辈子孤单，也不选择一张不爱的饭票。

因为，饭票我自己有！

剩下的，就是要怎样和好心的师母解释原因了……师母虽然会失望，但一向对自己很好，也很理解人，问题还不大。

这天晚上，韩默突兀地对程曦说了一句话："从前看《射雕》，我总是很奇怪为什么黄蓉不喜欢比较帅的杨康，不喜欢有身家背景的欧阳克。读到了博士，我终于明白了。因为她够聪明，知道自己拥有什么，也知道自己不需要什么。"

程曦回过头来，做了个心有戚戚焉的表情。两人会心一笑，表情中写着这样的话——"读博真好！"

富贵于爱如浮云

看了半个上午的文言文，韩默丢下书，揉了揉太阳穴。突然想起还有一盘新买的 DVD 没有看。

看电影这种事向来是独乐乐不如众乐乐的，她回头看一眼正学得满脸悲壮的江荔，摇摇头，拿上碟走到 615。

程曦一边以一种让人目眩的速度磕着瓜子，一边用老电影中发哥出场的慢镜头般速度翻着一本《禅宗经典精华》，亲身表演着爱因斯坦伟大的"相对论"。

"累不？要不要看个片调节一下？"

程曦看看名字——《僵尸肖恩》，皱皱眉头："我不看恐怖片的。"

"不是恐怖片，是搞笑片啦。一点都不吓人。"

"好。反正强扭的瓜不甜，看不进书就不要勉强。"程曦干脆地"啪"一声放下书，把电脑打开。

果然不恐怖。僵尸们以极其缓慢的速度毫无威慑力地走来走去，人变成僵尸之后，也不过是眼神翻白、面目呆滞而已。那些极

　　很多时候,女人对自己价值的评定,是由其追求者的档次决定的。事关女人虚荣心的时候,即便女博士也未能免俗。按说,在中国,女博士是最不需要将金钱加入择偶条件的女性人群。但是,在"笑贫不笑娼"的今天,学历真的能使女博士对金钱的魔力免疫吗?

度黑色幽默的对白如"对不起我总不能一天内杀了我的妈妈和女友吧"之类,让两人前仰后合。

　　突然,韩默耳边响起了一个毫无生气的声音:"有东西吃吗?"

　　韩默循声看去。我的妈啊,只见面前伫立一人,面无表情,双目无神,脸色苍白,神情呆滞——活脱脱一个从电脑屏幕中走出来的僵尸。

　　好个程曦,镇定自若,一只手把电影打了暂停,一只手从她的宝贝零食盒子里拿出一块德芙巧克力,撕开包装纸,放进"僵尸"的嘴里,随手帮她把嘴合上。

　　"谢谢!"

　　"僵尸"咀嚼着,转过身,慢慢走了出去。

　　程曦转过身,见怪不怪地向韩默解释:"这段时间,'崩溃'她老板叫她连赶两篇会议论文,熬了几个通宵,就成这样了。过两天就好了,博士生都这样。"

韩默如五雷轰顶："什么，我赶论文的时候看起来也是这样？我怎么没注意到？"

"小姐，你那时候哪有时间照镜子啊？"

韩默痛心疾首，"万恶的博士！"

"好了，好了。看片，看片。"程曦显然不觉得这是什么痛苦的事情。

"对了，"正看着，程曦对韩默说，"那小老板下午要请我吃饭，我不想一个人去，你去不？"

韩默皱眉，"我对这种纨绔子弟没有兴趣，而且我下午要去帮导师修电脑。江荔没事，找她好了，她准愿意。"

"那你一会儿和她说说。"

"好。"韩默依旧沉浸在剧情中。

僵尸们终于被控制。主人公成功逃出生天。

退出碟，两人抢着吃程曦的瓜子。

这时，门口出现了一个美丽的影子，"韩默，过来一下。"

韩默定睛一看，立刻二话不说，拿起碟子就往外走。

还没走出 615 的听力范围，"影子"发话了："程曦怎么买件粉色睡衣，多大年纪了，还装可爱。"

对老徐的无差别攻击，韩默只能苦笑。

老徐乃是一等一的妙人儿。要说老徐这人，长相甜美，成绩又好，心地也是不错的。只是大约从小到大都太过顺利，一直就天真地娇纵着，拒绝沾染红尘。

谁若说自己哪点不好，交情不好的立马就摆脸色给人看，就连韩默这种多年好交情的也要嗔怪几句，几天不搭理。

莎士比亚说："时间会刺破青春表面的彩饰，会在美人的额上掘出深沟浅槽；会吃掉稀世之珍——天生丽质，什么都逃不过他那横扫的镰刀。"

从本科读到硕士，从硕士读到博士，容貌自然不如当年，脾气倒是更大了。但博士中的人际关系往往疏离，学历越高，越发含蓄或者说虚伪，凡事都容让三分，再也没人说她一点不是。几个追求者受不了她的公主脾气，慢慢地也就散了。

老徐自己不明白，问周围人，又没一个敢说或者愿说真话的，最方便稳妥的回答当然是直接推说是博士文凭惹的祸。老徐越发觉得自己就像小时候看的童话里的公主，等着王子来救自己，恶龙就是自己的文凭。

起初觉着天下的男人都瞎了眼，后来干脆就觉得天下没一个男人配得上自己。当博士的挑起人毛病来，那还得了，果然越挑越精，到后来真没人能入得了她老人家的法眼去了。

所以有老徐作参照物，韩默越发视敢于直言自己缺点的程曦如珍似宝，觉得读到这个时候还能有人真心替自己着想，而不顾虑其自身的利益实在是件很难得的事情。

但韩默的珍惜倒无意间为程曦竖了个敌人。

老徐看程曦这糊里糊涂的人儿，横看竖看没半分比得上自己的，却老是有人追求，就连韩默和她相识不久，也好得胜过自己与韩默的多年交情，心里分外不好受。久而久之，就把程曦当了假想敌，话里话外都拿程曦说事。因为自恃美女，尤其喜欢拿她的穿着打扮做文章。

但奇怪的是，程曦总是笑眯眯地受着，也从不对老徐有任何微词。倒是韩默有点不好意思，也有点纳闷她的好脾气。

直到有一次，她无意间看见程曦一篇文章中的一段：

"我气结，这个朋友次次挑我毛病，偏生又正在点上。

起初只当她目光犀利,气愤之余倒也佩服。

后来方发现是女性嫉妒心理作祟,半晌寻思推敲,逐尺逐寸找出来。

只不过我成长,她亦是。逐渐我成高手,她亦挑出品位来了。

交这种朋友不无益处。"

不禁为之绝倒。一方面心里佩服程曦的度量,另一方面实在不耐老徐那些唠叨。两人倒是越发好了。

老徐唠唠叨叨了半天,也没什么大事,不过是抒发一下自己"怀貌不遇"的悲哀,抱怨天下男人的眼光,上楼走了。

看着她远去的背影,韩默突然有点恐惧:也许这才是女博士该有的样子吧,是不是自己也总有一天会不知不觉变成这样?

她拿起电话,打给自己多年好友——率真可爱的老好李言。李言与韩默缘分非浅,可算得是韩默的"青梅竹马"。两人幼时同窗,年长同城,所以友情甚笃。此君学识一般,品味一般,个性一般,怎么看就是个十足十的普通人。程曦初见他时,惊讶之情形诸于色,偷偷对韩默耳语:"没想到你的朋友里还有这样的正常人!"韩默这才惊觉自己在群众眼中已成为"小众"的代名词。

但李言个性坦荡,有一说一有二说二,不管问他什么都会老实回答。因此,两人经常问他一些让人大冒冷汗的问题,不知不觉他变成了程曦和韩默的免费"男性心理咨询数据库"。此外有时两人也会借重他丰富的社会经验,问些正常范围的问题。

"为什么老徐会变成这样?"李言和老徐也认识几年了。

"自塞言路。她老是防民之口甚于防川,没人敢跟她说真话。

再说，就算真想说，她嘴巴那么厉害，谁说得过她。那还不'使天下之人，不敢言而敢怒。独夫之心，日益骄固'。"李言拉他热爱的小杜的《阿房宫赋》出来。

奇怪得很，千年前的东西，到今天念出来还一样发人深省。

"那么，读博还是有影响的吧，我看老徐读博之前也没有发展到这种程度。"韩默闷了一会，"博士训练是不是会对人产生影响？我的意思是：女人是不是读了博士就不可爱了？"

李言向来被韩默用各类奇思怪想骚扰惯了，对这个突兀的问题毫不诧异，想了想，答曰："可爱的女人不会因为读了博士就不可爱，但不可爱的女人读了博士无疑会更加不可爱。而你无疑是可爱这一种的。"韩默对这个答案十分满意。

李言突然想起一事，问："你不是过段时间就要过生日了，要什么生日礼物？兄弟我先勒紧裤腰带筹着款，准备宰多狠？让我有个心理准备！"

韩默懊恼极了，"我这么努力想忘掉，你居然还要提醒我。"

李言这种大男人显然不懂女性心理，"以前你不是每年都敲我敲得很高兴，提前半年就开始嚷嚷要礼物了？"

"今年不一样，今年是我二十五岁生日。"

"那还不是一样。"李言觉得二十五岁就能读到博士是件非常值得骄傲的事情。他一向对学习头疼，读了个非重点的本科就谢天谢地，直接工作了，对韩默这个比自己还小三岁的班上最小的才女向来又敬佩又喜欢。

"'崩溃'说'女人就像圣诞夜的蛋糕，过了二十五就没用了'。"韩默被程曦感染得也管老赵叫"崩溃"了。

"哈哈哈哈哈……"李言爆发出一阵大笑，聪明地不再搀和"年龄"这个女性们永恒的话题，"要什么，想好了给我发短信。"

过了二十五，女人们
惊讶地发现，原来若不梳
妆，便已经见不了人了。
　　——彩云雨田　题绘

05.3

"好,再见。"韩默也没傻到真的拿这个当问题去烦男生。

这当儿,程曦冲进来:"有监考赚钱的机会,明后两天,去不去?"

不管读到了硕士还是博士,一把年龄还花家里的钱实在是件不好意思的事情,可是钱又实在不够花,所以很多研究生在时间忙得过来的情况下都会代课或者当家教。程曦去年读研究生的时候在一个中专代课,建立了良好的群众关系。尽管后来读博太忙不去了,但有赚钱的机会,总还能有人通知让她捞上一点半点的。

韩默很郁闷,"去不了,我有事。"

"就是。"

……

"对啊,几百万呢!"

……

"呵呵,不知道。"

……

"不会吧。"

……

"是么?"

……

"哈哈哈……"

这段时间,604里经常出现这样的对话和娇媚的笑声。

韩默沉静地翻过一页书去,突然听见江荔对自己说:"看,我买的新衣服。"

韩默一回头,登时倒吸一口凉气,险些喉头一甜,吐出一口鲜血。只见江荔穿着一件做工粗糙的紫色连身曳地长裙,配一件红艳艳花枝招展的小开衫，得意地在镜前左照右照。

女博里出名品味好的韩默，看着那一身具有巨大视觉冲击力的大红配大紫，呼吸有点困难。江荔还期待地等着她发表意见。

韩默想要奉承两句，但又不知从何说起，颇为为难。江荔还在期待着，气氛变得有点尴尬。幸好，正巧赶上程曦一日一踢馆的时间。

好程曦，一进门，当下明白情势，"这件衣服挺好看的嘛，哪里买的？不错，不错。"

江荔终于等到被人赞了一下，满心欢喜地穿着那套土气十足的衣服出门去了。

韩默的嘴无声地一张一合："虚伪！"

程曦原本懒得与这和小人一样难养的女子啰嗦。谁知韩默又小声嘟囔一句，"没有学术良心。"

程曦对着墙角里的蜘蛛网翻了个白眼。正在温暖的太阳光中打瞌睡的蜘蛛大人吓了一跳，以为自己在梦中做了什么磨牙说梦话流口水之类破坏形象的事情，难为情地躲了起来。

"你小姐是不是写论文写傻了？我这叫日行一善好不好。不自信的人，给他信心比给他意见好。江荔想要的，不外是你的肯定罢了，你何不顺势赞美一下？"

韩默一肚子委屈："我觉得若真为她好，就不能让她把这种衣服穿出门去。"

"人家买都买了，又不能退，难道闲放在衣橱里？再说，好不好看是她自己的感觉，自信就美啊。你是不欣赏，但总有人喜欢，也不能说我们学校就没有觉得这种衣服漂亮的人。说不定就有人觉得这套衣服很美呢？你啊，得饶人处且饶人。"

韩默在绝境中反击："怎么没见你饶我。"

程曦得意洋洋："那怎么一样,你够自信,能听得进意见去。再说了,你是我朋友。"

韩默受了感动,偃旗息鼓,再也吵不起来了。韩默有大智慧,识得程曦的益处:若不是程曦真为自己着想,何必做这个恶人？博士多半洁身自好,又到了这个年纪,做人都含蓄得多,能诚心诚意给自己提意见的朋友能有多少？

江荔是一个很不为韩默理解的人。她仿佛随时随地尽一切力量洗刷掉自己身上会让人联想到她来自农村的蛛丝马迹。她从来不谈自己的家庭,她的家人亦从来不到寝室来看她。

江荔其实有她的优点,并不比韩默差——论五官,她实在比韩默漂亮很多,堪称本层楼最漂亮的女博士。可是不知道为什么,就是有点土气透出来。她自己也很知道这一点,所以对韩默的优雅和品味常常无来由地冒出一股敌意。

对于江荔,韩默总是淡淡的,完全不把她当作能影响自己的人。

程曦却对她有着深切的同情。程曦认为,江荔之所以总是放不开对于韩默的执著,是因为她对韩默的敌意不在于韩默的优秀,而是衍生于她的自卑。只有自卑才会带有攻击性。人自信到一个程度,就不会在乎别人比自己优秀,反而会欣赏别人的优点。

在韩默看来,一个博士生还会为出身这么放不开实在是一件非常不可思议的事情。

然而程曦却非常地理解："所有的天才都是自卑的,自卑是人不断完善自我的动力。"

然后,顿一顿,加上一句,"我也很自卑。"

韩默明白这个三段论的目的是为了推出程曦自己是天才,于是赶紧补上一句:"我也是。"

两个人默契地相视一笑。

江荔原本对程曦也没什么好感,只是点头之交,但这段时间却对程曦好得很,同时跟韩默有点僵。

这是因为那个指定要学英式英语的小老板估计是想到在国内没几顿饭好吃了,加上请客时,在饭桌上坐个漂亮女博,实在是件比坐个把小明星还有面子的事情,所以最近经常请程曦吃饭。

程曦不喜欢这种场合,带江荔去了一两次,就找借口推了。小老板就转而请江荔去,结果604就出现了以上的一幕:江荔兴奋得四处打电话通告自己认识了一个资产几百万的老板,当然多少也带点隔着空气向韩默炫耀的意思。

可是,书香世家的韩默从小就被教育说:人可以穷,气度不能小。也常常被耳提面命地告诫:"一个人的吹嘘显出的心理底线,就等于彰显这人的见识气度,因此不管是什么都不要拿出来张扬。免得万一碰到见过世面的人物,反而一下子被看穿底牌,瞧得低了。"

另外,因为有一个当大官的远房亲戚,与韩默有过一面之缘的亿万富翁也有几个(她发现真正干大事业的人反而很谦虚,胸怀气度也让人佩服。但是那种说大不大说小不小的老板就往往浮夸而俗气,以吹嘘自己为乐)。在她眼里自然觉得,认识一个资产不过百万的人,就乐得到处打电话宣扬的,实在显得没见过什么大场面。

何况古代文学的博士生韩默一直都在学校中读书,还没有从社会经验里体会到金钱万能的感受,倒是整天读些"梅妻鹤子鹿家人","采菊东篱下","不为五斗米折腰"之类的,故此深以为在金钱方面,读书人多少是应该有点清高的,对江荔这种小门小户的小鼻子小眼就有点看不上。

　　而且往深一点说，她还觉得这种类似市井小民的行为很丢包括自己在内的博士们的面子。

　　韩默的优点在于绝对不在任何地方说任何人的不是，她只是静静地做自己的事。

　　但是，对一个人洋洋自得的东西毫不在意，这种态度无疑已经是一种冒犯。几天以来，江荔都没有得到预期的羡慕或者嫉妒，有点着恼，话里就有点夹枪带棒。

　　韩默原本就有些"臭老九"的狷介，懒得作伪，索性长待615，等她过了这一阵再说。

　　说来可笑，这种一点都不和利益沾边，纯粹由意识形态不同才引起的有点无聊的不和，只有在文人中发生率才这么高。

　　这几天，615俱乐部的主要话题是高校女大学生卖淫的旧闻——从前曾经有篇争议极大的报道，大意是说中国的女大学生中有相当一部分到娱乐场所从事特种服务，矛头直指A市几所名牌大学。说记者到某色情场所，陪酒女们均拿出学生证证明自己乃名牌大学学生云云，言之凿凿。这条新闻的震撼力主要在于曾经被当成天之骄子的大学生为何愿意从事特种行业。其时，网络上很有一批贞烈人士跳出来痛心疾首地表示鄙视。而另一些人则直接质疑新闻的真实性。这位记者仁兄乃随机取样，就算把那几个学校的女生全都算上，但总要排除那些长相不合特种行业工作标准，或者心理素质尚未强健到可以为五斗米把腰折成这样的。这样三下五除二，再平均分下去，覆盖率也很难达到他所说的比率。

　　女博们最怀疑的是那些学生证的真实性。连这种事都要仿个名牌大学的学生证，原来即使在特种行业中也存在名校效应，所以读个名牌大学还是大有好处的。

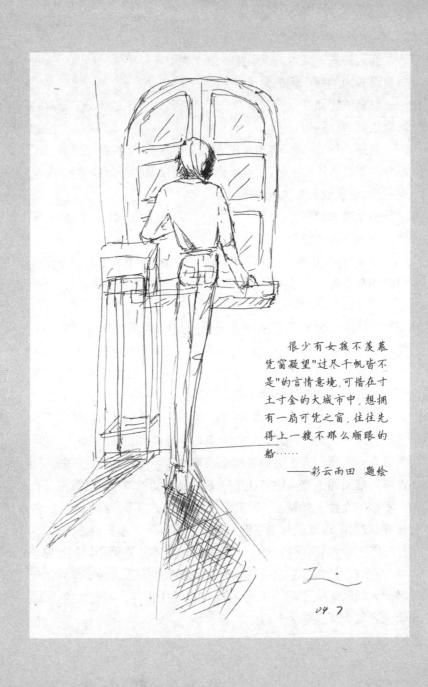

很少有女孩不羡慕
凭窗凝望"过尽千帆皆不
是"的言情意境,可惜在寸
土寸金的大城市中,想拥
有一扇可凭之窗,往往先
得上一艘不那么顺眼的
船......

——彩云雨田 题绘

04. 7

但不是天下所有事情都能明确区分对错的，这件事是真是假也姑且不论。女博们真正关注的是为了金钱出卖肉体到底值不值。

通过这种方式能得到的是看得见的金钱，可是失去的是无形无相、但也许对人生影响更大的价值观，是对人生的一种美好信念。女生若是这样做了，必然会对心理造成长远的影响。

首先在这个行业里，她看到的是男人最丑恶的一面，那么很容易对男人失去信心。

其次，人生之中真正的幸福如友情、亲情、爱情等，大部分都是不能用金钱来衡量的，如果把幸福与金钱等同起来，恐怕会失去一大部分对于幸福的感受。

最后，女人与男人不同，对很多男人而言，性与爱是可以分开的，但是绝大多数女人的性与爱是联系在一起的，当性变成一件随便的事情，爱也就随之而失去神圣性。人生之中失去了爱情，那么拥有再多金钱又如何呢？

关于这件事的讨论，对韩默这种习惯于观察人性的人来说，充分显示了女博士的普遍性格特征：女博士大多数都还是抱着"富贵与我如浮云"的态度的。这也许是一方面学校生活的单纯使她们没有沾染到太多的市侩风气；另一方面，到了这个年龄，就算没有经历多少，可是看过的感情故事也不少了，所以她们在面对诱惑的时候，能保持冷静，相对理性地进行分析——女博士们也许是所有这个年龄层的女人里面，惟一一个普遍地对爱有着异常纯粹的坚持和渴望的群体，所以才都同样明智而且珍惜地保有自己的一份真心。

按：韩默读本科的时候，有个师姐以优异的成绩毕业，但没有去工作而当了别人的"二奶"。

一般大学外语系的系花基本就可以等于"校花"。但即使在美女辈出的外语系，这位师姐也是"几届难得一个的大美女"这个级别，所以追求者众多。不料她毕业后，才工作了几个月就被一个房地产老板包养，据说还拥有了一套自己的别墅。

这件事当时在整个系里闹得沸沸扬扬。说来惭愧，在这个"笑贫不笑娼"的时代，在许多女生的义愤填膺之下，也更多地隐藏着不少羡慕与妒忌。毕竟对于大多数人来说，即使辛劳地工作一辈子也很难拥有这样一套别墅。

当韩默考上博士的时候，倒碰巧见过这位师姐一面。

但那位师姐并不如一般人想像的那样，过着惬意无比的生活。人云："红颜弹指老，刹那芳华。"这原本就是个吃青春饭的行业，不宜终身从事。随着年龄渐大，她也有了危机感。可是被包养了这么长一段时间，衣食无忧的日子给了她惰性，同时又剥夺了她的专业能力和在现实中努力工作的兴趣。人生的道路越来越窄，却又没有精力和能力来改变自己。这位师姐看着拥有和自己不一样的人生道路和更广阔天空的韩默，露出了惆怅的神情，对韩默说了一句让她意想不到的话："靠男人是不行的，女人终究还是要有自己的事业。"韩默回想起师姐当年勇夺全系最佳辩手的英姿，也一时无言。

恐怕这也是韩默不能容忍江荔的拜金表现的深层心理原因之一吧。

某天早上，一束硕大无比的红玫瑰摆在了615的桌上。

韩默潇洒地吹了声口哨，"花不错。"

"不错个屁，"拿着一张俗艳的贺卡，程曦烦恼得冒了脏话，"格老子的，那小开TMD拿全世界最没品位的话、最愚蠢的方法泡我。"

韩默吓了一跳，"我的妈呀。你可千万别在我寝室说，江荔会
和你拼命的。"

"她又不喜欢他，她甚至有点瞧不起他。"程曦很奇怪，"看他们
吃饭我看得出来。"

"喜不喜欢是一回事，追不追又是另一回事，这是面子问题。你
们几乎同时认识他，他追你而不追她，也就是说她不如你。"韩默对
江荔的心理了若指掌。

"你说绕口令啊？"程曦脸臭臭的，"哼，他也不是喜欢我，根本
就是觉得能追到女博士倍儿有面子，能在自己的人生中写下光辉
的一笔。我要是今天告诉他江荔对他有好感，明天保证有束更大
的摆在你们604。"

"问题是一天没有摆过去，她就一天觉得不如你。"

"不如你拿过去，就说这是托我送她的，反正贺卡上面的称呼
是'最美丽的女博士'，没写名字。"程曦突发奇想。"我也就解脱了。"

韩默连连摇手，"她这两天正看我不顺眼呢。万一拆穿了，不
是要把我挫骨扬灰？"

"可是，说不定真是他托我送江荔的，是我自作多情呢？"程曦
锲而不舍地进行说服工作。

"他又不是不知道我们寝室，要送不会直接送过来啊，骗谁啊
你？"

被拆穿阴谋的程曦有点不好意思地揉揉鼻子，"一个想追博士，
一个想谈老板，这一下不就求仁得仁了？日行一善啊。"

"……"

韩默动摇中……

"而且，我会告诉他，他托我送江荔的花我送到了，他肯定不好

意思更正说是送我的,这样就不会穿帮了。"

"……"

韩默彻底投降,拿起这束花,向后转。

因为心虚,她在把花交给江荔的时候,还呼咙了几句表示羡慕的话。

江荔大大地出乎韩默意料了。

韩默原本以为对于出身地位财势如此在乎的人,必然会欣喜若狂,继而投怀送抱,就像本科时候自己的那位极其漂亮的师姐……

江荔确实很得意,很开心。但是,她不但没有接受将错就错的小老板的追求,反而连他的电话都不接了。仿佛被一位百万富翁追求的这件事本身,就已经价值百万家财,就是幸福了。

很多时候,女生对自己价值的评定,是由其追求者的档次决定的。

韩默慢慢明白,这是一种对于终于赢了程曦所代表的包括韩默在内的某种女性之后所获得的自信。在心理上,这件事充分肯定了她作为女性的价值。而自信也给了她足够的力量来接受自己的不足。

从此,她对韩默也比以前温和了许多。

对她来说，韩默的那几句表示羡慕的话语恐怕比得到一个俗气的小开男朋友更加是她所盼望的吧。

韩默终于开始理解了，在对于幸福的追求上，江荔其实与自己并没有不同。在她对于出身的执著里，也并非是没有自重与自尊的。

韩默对程曦感叹："通过这件事，我深深觉得不能在任何时间任何地点小瞧任何一个女博士对于爱情的深刻理解和坚持，以及由此产生的力量。"

听完了江荔的故事，程曦调皮地一笑："你其实一直在心里纳闷，为什么我对老徐那么好脾气吧？告诉你，那是因为我曾经无意间，碰见过她果断地拒绝过一段具有极大经济利益的求爱。那时她所显示出来的明智和对爱情的理解，让我到现在都一直佩服得很呢！"程曦总能看到人性深处最善良的一面。不是因为她的聪明，而是因为她的宽容，所以才能从最公平的立场出发。

对于江荔，韩默也多了一份尊重。

奇迹般地，604寝室变成了一个相当融洽的地方。

韩默心里还有个问题一直没有问出来："那天你让我送玫瑰过去，是不是早就知道江荔不会接受那小开的追求？"

她还有点怀疑程曦那次非要自己送花，是为了帮自己看清真实的江荔，解决寝室的人际危机。可是看程曦傻呵呵的样子，又有点不信她看人能看到那么深。

对了，韩默"阴险"地把程曦的赞叹转达给了老徐。老徐听完，愣了愣，从此对程曦不再进行人身攻击。虽然，"讨厌"很难就一百八十度大转弯变成"喜欢"，但至少态度上礼貌一些，不再让韩默难做，两面不是人了。

城 里 城 外

不是晴川书院的学生很难知道,晴川书院的秋天其实并不比它闻名遐迩的春天逊色多少。比如信步某条著名大道边的树林,金黄色的银杏叶铺满了山坡,让参天的树林充满静谧的禅味。而在研究生宿舍区,绯红的枫叶招摇地把整个地区遍染秋色,配上历史悠久的中式建筑,满是令狐冲式的洒脱落拓……

秋天对研究生们来说是一个常常被莫名的外务缠身的季节,也是平均访客最多的时候。

因为硕士研究生考试在每年的一月中下旬。博士研究生考试时间虽各校不同,但也大都在三四月。

无论要考什么学校什么专业,复习得如何,如果有条件的话,最晚到秋天也该到这个学校看看了。某个遥远的时候,有一部名叫《恐龙特急克塞号》的日本伪科学科幻片曾经风靡一时,那段时间满街都是孩子们"克塞,前来拜访!"的喊声。如果把秋天里的研究生宿舍区各处都装上扩音器,似乎也会回荡着"考研族,前来

晴川书院的秋天也是美丽而惬意的，而在秋天里前赴后继奔向晴川书院的"考研族"们的心情却未必都如这里的风景。研究生宿舍区坐落在书院里某个人迹罕至的角落，那里灿烂的红叶似乎总在向外面的人炫耀着它的神秘和高贵，吸引着无数怀才不遇的或者无才不遇的、本校或外校的、未婚的或已婚的学子们向这座围城发起一轮又一轮的冲锋。而已经身在城内的韩默和读书会的一群或男或女、或大或小的博士们却在用激烈的言语围攻人生另一座围城——婚姻……

拜访！"的声响吧。

所以每年到这个时候，研究生楼都会热闹起来，大批的考研一族——不论是介绍来的还是自己主动敲门咨询的——都会涌入研究生们的宿舍，有要求介绍考研经验的，有请教出题老师研究范围的，有询问导师喜好的，有借不到参考书来复印的……

程曦和韩默当年也是这样过来的，想到自己从前忐忑不安的心情，念及从前师兄师姐们的倾力帮助。从硕士时代起，两人总是对上门来的考研一族给予热情的接待，尽一切可能帮忙。

不管怎么说，考研族们还是汹涌澎湃地来了。

今天，韩默很不爽，她接到了一个多年不见的高中同学的电话。
老同学直接地要求她帮忙引路，要考晴川书院的硕士。
程曦看着韩默头疼的样子："他成绩不够好？"

韩默叹口气："从前高中的时候，要知道我们班上有多少个学生，不用看名册，只要看他的成绩名次就知道。"

程曦的下巴直接掉到地下，"那他怎么考得上大学？"

"不清楚，但听说他爸爸是他读的那个大学的什么官，他高考后就直接进了那所学校。"韩默伸手帮她把嘴合上。

"那他找你干嘛？找自己老子不就完了。"程曦对这种吃祖宗饭的家伙向来不屑得很。

"一、他要考我们学校，而他家的关系恐怕还不够硬。二、也是最主要的，他老爸退休了。这种事还不是……"韩默作了个优美的身段，"人一走……茶就凉……"

"你是怪物啊，哪有你这种年龄，居然爱听京剧的，居然还听样板戏？"程曦现在的表情看起来和"崩溃"有点像。

"对了，"韩默想起来，"你今天还不是被考研狂人找去吃饭？"

"别提了，吃得我快疯了。他拿了一大堆自己写的东西非要我看。有论文，还有诗。"程曦烦恼地把书推来推去。

"嗯？听起来还不错啊。"

"可是，他的论文写得像诗。"

"我的天。那诗呢？"

"写得像论文！"

韩默打了个冷战，不敢再问，只是面上流露出极其同情的神色。

"唉，"韩默叹气，"考研、考研，中国人都疯了似的考研。可是考上了又怎么样？我一个师妹最近都读得快疯了。"

"？？？"程曦的脑袋顶上冒出几个问号。她这种信奉"除死无大事"的"想得开分子"从来觉得读书是件喜欢才做，不喜欢大可以不做的事情。

韩默有个师妹从本科起就以考研为人生目标，所以整个大学生涯都学得很苦。现在考上了，突然又觉得研究生没有自己原先想像的那么神圣。但一转头发现自己已经不知不觉到了二十四，可是为了考研，人生中既没有恋爱过，也没有好好玩过。她心理开始不平衡，认为自己把人生中间最美的青春都耽误在学习上，太亏了。

"这丫头是神经绷太紧了，只要放自己两个月的假，找个会玩的带着，疯狂地出去游山玩水一番，放松一下就解决了。什么时候我出去旅游叫上她。"程曦很同情。

"问题是，她现在又觉得自己这么辛苦才考上研，如果不好好学习对不起自己的付出，玩起来有负罪感。所以她现在是学不进又玩不进。"韩默也很无奈，"等她习惯吧，不能解决问题，就只能习惯问题，习惯了就麻木了。"

程曦愣一愣，怎么这话听起来这么熟啊。

很多人原以为结婚就是人生必经的过程，但草率地结了婚后又开始觉得一辈子亏得慌，可是结婚容易离婚难，为了这种事就把家拆了也很没道理，所以就一直这么郁闷着，慢慢也就习惯了。

她记得读硕士时候，曾经有个早早结婚的女同学总是跟她抱怨，觉得自己结婚太早，经历太少，连配偶是不是自己的最爱都不知道。渐渐还是认了命，这两年也不太听到她说起了。

英国唯美主义作家王尔德说过："生活最大的悲剧并不是它令人心碎——那是最自然不过的事，而是令人变得铁石心肠、麻木不仁。"

"嗯。"

……

"好的好的。"

……

"明天中午好了。"

……

"不用,不用请吃饭了。"

……

"那就谢谢了!"

……

"没问题,我帮你们找相关的资料好了。"

……

"阿姨再见。"

一个电话刚放下,另一个电话又来了。

"喂,妈妈,是我。"

……

"接到了,接到了。"

……

"知道了,知道了。"

……

"会啊,不用担心了,我肯定会尽力的。"

放下电话,程曦长叹一口气:"我老妈的同事的女儿想考研。"

程妈妈是个厚道人,又打了长途电话过来,千叮万嘱,莫要怠慢长辈,失了礼数。

但是出马联系程曦的竟然是考研生的妈妈而不是考研生自己,的确是件比较奇怪的事情。

程曦也着实尽了地主之谊——第二天她花了一整个宝贵的上午忙这件事：自己掏腰包复印好了历年考研资料，跟师弟师妹打听了近年考研的所有相关情况，甚至还和相关人士搭通了天地线，能做的都做了。

中午，母女两人到了。妈妈打扮得富贵雍容，谈吐犀利，待人接物一看就是个精明能干的厉害角色。漂亮的女儿正好相反，完全是一个没有任何主见的单纯的女孩，让人怀疑她的大学四年是不是都在象牙塔里当长辫子公主。她大多数时候都张着一双无知的美丽大眼睛呆呆地看着妈妈。妈妈每一说话，她就像被抽了一鞭子的陀螺，急急忙忙却毫无成效地转来转去。

程曦决定摸摸底，问了问女孩一些基本的专业知识，结果问一个不会一个，再问公共课，居然连题型都一点不知道，程曦就有点晕。

原本这种毫无准备又来碰运气考研的人每年总是有几个的，她倒也见怪不怪。可是，这一次身负重任，党的委托人民的希望四化的实现祖国的未来都压在自己弱小的肩膀上。万一这位妈妈不理解，怪在自己身上，恐怕会影响到自己的家人在单位里的声誉。

程曦想了想，决定不管怎么样，姿态总要做足，对别人有个交代。她拿出厚厚一叠复印的资料，试图抽身，"这段时间，你好好看看这些资料，细节记不住没关系，只要把纲抓住了，思维有逻辑性就好。老师判考研卷跟本科时不同，主要看的不是你能背多少知识，而是看你的思维能力。"女儿接过东西，茫然地看看上面一堆堆看不懂的专业术语，再看看妈妈。

"小月，你要多问程曦姐姐。"

当妈的轻轻巧巧一句话就把程曦逼住了："我们家小月是一张白纸，正好画最新最美的图画。是不是啊，程曦？"

"是,是,是。"程曦不能解释这张纸不是自己想要画的,她也没这个时间奋笔挥毫。她宁愿看着一张已经画得好好的画,懒洋洋地提些这边添一点、那边减一点的建议。

"对了,程曦姐你是……研究生还是博士?"小女孩明显有点概念混乱。

"研究生是硕士和博士的合称,硕士全称是硕士研究生,博士全称是博士研究生,但一般而言称硕士为研究生,而博士就直接称为博士。"当妈的干脆利落准确地回答,让程曦好生佩服。

"好了,好了,去吃饭吧。你把你们同系的同学都叫去,万一你不在,我们有问题就可以问他们嘛。也免得太麻烦你一个。"妈妈好像突然想起来,"对了,多叫几个男生,他们饭量大,平时在食堂一定吃不饱。"

程曦也没多想,到隔壁叫上几个同学。又打了个电话到男生宿舍,正巧系里的男生只剩老杨还没吃呢,就把他叫了下来。

老杨除了聒噪一点,性格还是很不错的。程曦时时小心不碰触他的专业,加上那位能干的女士似乎又有意交结,一顿饭下来,老杨和她们都熟了,互相留了联系方式。只是那女孩子没说什么话。

下午,程曦陪着两人在风景优美的晴川书院里走了一圈,指点了校园中的几个著名风景点,送她们回了宾馆。

晚上,韩默拿了家里带的铁观音,以配合两人边喝边讨论的观世音菩萨对中国古代文学的巨大影响这个话题,颇有兴致地听程曦细聊观世音形象的变迁,听到唐以前观世音形象原本是长两撇小胡子的男儿身,大感兴趣。程曦被问得兴起,起身找来一本佛像白描画集,翻出一张来,指给韩默看。

韩默突然想起程曦今天接待了一个考研生,顺口问了一句:"你看今天来的那小姑娘考得上吗?"

"她妈妈决定在校外租个房子,这几个月自己请假陪她复习。"程曦苦笑一声,"可是我觉得以她现在的程度,要考上,除非当真是观世音菩萨显灵。"

韩默咋舌:"如今这世道,当妈的都望女成凤,疯了。"

"不过,"程曦沉吟了一下,"不知是不是我感觉错了,我觉得好像她妈妈对她考得上考不上不太关心。"

程曦这人看着马虎,其实心里清楚得很,向来是不乱说话的。所以韩默听了也觉得心下诧异,"不考研,辛辛苦苦来一趟干嘛?"

程曦挠挠头,"不知道耶,恐怕是想要今年积累一些经验,明年再考吧。问题是我看那小女孩压根就没兴趣。她都不知道硕士和博士有什么区别。"

韩默突然乐了,"不会是千里迢迢来看上我们老杨了吧?"

程曦的眼睛瞪圆了:"你怎么不去当编剧,有你在,刘镇伟①还能混吗?胡说八道!"(两个月以后,程曦发现韩默真是乌鸦嘴。)

两人正笑闹成一团,突然听到一阵轻微的敲门声。程曦以为又是哪个兄弟来踢馆,一时玩性大发,蹑手蹑脚走过去,一下将门大开,拉了个架式,大喝一声"来将通名!"

……

只见一个被吓得花容失色的陌生女人,正呆呆地看着正摆出打虎上山姿势的程曦,怯怯地问:"请问这里住了历史系的研究生吗?"

程曦满脸通红,尴尬地把高举过头的手转为挠头,"没有,我们寝室只有哲学的。"

① 香港怪才电影导演和编剧(编剧时常署名"技安"),他的作品充满了天马行空的想像力,包括现在被很多青年人奉为圭臬的《大话西游》、《东成西就》。

看着女人一脸的失望，程曦想起四年前自己也是这样一间一间寝室地敲过去的，声音一下子柔了，"你等等，我帮你找。"

她叫女人进来，"韩默，你和她聊聊，我去找老徐。"拔腿就往外跑。

韩默急忙叫，"回来。"程曦不解地回头看着她。

韩默扬扬手里的茶叶，说："我正好要分点茶叶给她，我去吧。"

程曦知道是韩默好心帮忙——她出马找老徐，比自己出马效果必然要来的好——于是老老实实回来坐好。

老徐这个人其实还是不错的。她听韩默一说，不一会儿就和韩默一块儿下来了，不亲不疏地和程曦打了个招呼，单刀直入地问，"想考什么专业，哪个导师？"那女人把目标说了。

老徐皱了皱眉，"这个老师的名气很大，竞争只怕激烈得很。你复习得怎么样？"

女人一看就是下过功夫的，对学科了解很全面，思路也很清晰。

爱读书的考生总是被爱读书的博士喜欢的。老徐屈尊笑了一笑，"自己学能看到这样，就很不错了。这有几本资料是我们系老师上课的笔记，你拿去复印一下吧。"

女人喜从天降、千恩万谢。老徐想了想，又补充说，"书里有几章是笔记上没有提到的，就不用看了，我们系没有老师做这个，老师们一般还是就自己的研究范围出题的。还有，公共课是最重要的，分数线没过是不能调档案的。公共课过了，就靠专业课拉总成绩。我还有事，先回去了。其余的，你问她们两个吧。"

老徐婀娜地走了。

程曦和韩默又把如何分配学习时间和学习的一些方法跟她念叨了一下。女人很高兴，一面道谢一面去了。

"她已经结婚了还来考博，真不容易。"工作以后考研是很不容易的，尤其是女人一旦结了婚，要从家务缠身中挤时间出来学习更难。她还能准备得不错，不知道吃了多少苦。

程曦却想起几年前，自己什么也不懂，只凭一股傻劲到学生宿舍挨个敲门的样子，恍若隔世。

韩默打断了她的遐想，"别发呆了，我那个老同学后天要来，请我吃饭。我想劝劝他别读了，反正也读不进去。你也去吧，帮我调节一下气氛。"

程曦苦笑一下，默许了舍命陪君子。突然又想起什么，吆喝一声，"好消息，好消息，免费五台山旅游的机会要不要？"

韩默询问地扬了扬眉。

"喏。"程曦把一张纸放到韩默面前。韩默定睛一看，原来是某学术研讨会的会议征文通知。通知提出若干议题，提交合格论文后就可参加，还注明博士也可报销车旅费。

这就是读博士的好处了。要混学术界，常去开开学术会议是很重要的一环，既可以向专业中的前辈和牛人们当面请教，更重要的是又可以扩大自己的学术交际圈。可是读硕士的时候，要想去参加个学术会议，往往难度颇高，或者要借导师的面子，或者要自己出路费。

想想也有道理，硕士生毕业从事本专业的几率并不算高，对方又何必在不是自己田里的庄稼上浪费化肥。但读到了博士，基本就定在这个学术圈子里了，虽然他们现在还只是没什么名气的学生，但谁知道这些人里未来会不会出几个大家。现在出些钱让有一定科研水平的博士们参加会议，一方面增加会议的人气，另一方面也许是考虑到将来很多事办起来可能就要容易些。

结人于微时，毕竟还是回报率较高的选择。

韩默看看几个候选题目，还真有自己可以写的。"那我就选这

个题吧,正好我对这个有兴趣。"

韩默的同学果然如期来了,两人郁闷接待不提。

周五,程曦笑眯眯地拿着几张票子对韩默说:"这是上次监考的钱,改善伙食吧? 我请客。"捞了外快,要主动请客是学生里不成文的规矩。

韩默白了她一眼,"天天请客,你有多少钱啊? 不接受,吃食堂。"

程曦露出感激涕零的表情,"还是你心疼我。"

韩默做恶心状。

两人正在食堂里吃饭。程曦突然偷偷一乐,接着脸就是一红。

韩默斜睨一眼:"有什么事可乐,快招出来。"

程曦一脸贼笑,"这可是你要我说的,先把嘴里的饭吃了,待会呛到了可别怪我。"

原来程曦那天监考时发现有个男孩正鬼鬼崇崇的往桌子下面看,就悄悄从后方走过去,一看之下,险些笑倒在课堂里。

原来有道题问泌尿系统有哪五个组成部分。那男孩的答案竟然是:"毛毛、小 JJ、左蛋蛋、右蛋蛋和肛门。"原来他写答案是以实物参照！

　　按：此事乃是笔者一朋友的亲身经历，在场听众莫不
感叹："现实中的荒诞总是比艺术创作更甚，生活才是真正
的艺术。"云云。

　　韩默这种"虚伪的知识分子"向来都是在公共场合假装听不懂
有"内涵"的笑话的，可是这一下实在憋不住了，一阵笑不逊于《红
楼梦》刘姥姥入大观园那顿饭。等到缓过神来。一抬头，又看见程
曦那张故作深沉的脸，险些千年道行毁于一旦，重又笑出来。

　　在这种欢乐时刻，突然程曦很伤感地说了一句："我们的长发
飘师兄有了白发了！"言下无限唏嘘。韩默回头一看，也是心头一
酸。

　　这位面目瘦削，一头长发的师兄乃是博士生里天字第一号的
大人物，在晴川书院研究生群中知名度之广，崇拜者之多不亚于晴
川书院几位备受尊敬的老教授。不知什么原因，他的毕业时间一
推再推，从本科算起来，已在晴川书院度过了十多年光阴，伴着无
数师弟师妹们度过了自己的青春。

　　关于他的传言极多，当然往往有不实之处。

　　比如传说他的不肯毕业，乃是要以自己的力量与晴川书院要
求毕业生必须在核心期刊上发两篇论文的规定对抗①。

　　按：英明神武的中国大学多半有条规矩：硕士至少有
一篇公开发表的相关论文，博士至少有两篇核心期刊发表

---

① 很多学术期刊，只要论文质量略可，交一定的版面费，就可以被发表，是学生凭
自己力量发稿的最佳方式。不顺从这种规则，也可以被视作是一种对于学术的坚持。

的专业相关论文，否则不得参与论文答辩，间接也就把论文发表数和能否毕业联系在一起。韩默有妙言传世："读博士与不读的区别就像妓女与良家妇女：不读博写论文凭心情，想写就写想不写就不写，如良家妇女，多少对那档子事有点自主权；博士写论文是死任务，不发两篇核心就毕不了业，跟心情身体统统无关。所以如今的不少大学干的就是逼良为娼一类的勾当。"

晴川书院是以"自由"为学院精神的，所以这位师兄起初就因为这个不实的传闻，被师弟师妹们景仰，成了晴川书院自由精神的一种象征。

但后来，他却作为青春的记忆存在了很多届学生的心里。

韩默有位毕业了的师弟说得好："从我本科入校一直到我读完了硕士，我的整个青春期，初恋、考研、找工作都是在他的陪伴下度过的。我的校园生涯就等于是看着他的头发从多变少，造型从摇滚青年变到满清遗少的过程。我怎么能不对他怀有深深的感情？"

韩默有点奇怪："摇滚青年是因为长发，可是满清遗少是怎么说的？"

"你看，长发飘师兄前额的头发都掉光了，不就像满清遗少刚剪了辫子的样子？"

一向注重形象的韩默居然在师弟面前一口水喷了出来……

而程曦有次上北京开会的遭遇就更离谱了。她碰到一个素未谋面的校友。那校友一听说她是晴川书院的在读博士，还来不及寒暄，就问，"我们的长发飘师兄还在吗？"

听到程曦说还在，那位校友露出了满脸的欣慰。

不管他本人乐意不乐意，长发飘师兄已经成了比图书馆、行政楼更深入人心的晴川书院一大精神象征，多少晴川书院学子说起他就心头一阵温暖——想起他，就会想起晴川书院。

两个人刚出食堂，就看见几个男生摆了张桌子，上面贴了张海报为某患病的研究生募捐。

韩默和程曦默默地摸遍身上口袋，把所有的钱都掏出来也不过三四十元，说了声"对不起"，满怀歉意地放在其中一个男生手里。

韩默叹口气，嘟囔："考研考研，读了研又怎么样，毕不毕得了业都难说，又穷。"

程曦也跟着叹了口气。

光阴似箭，半个月瞬间就过了，两人提交的论文都被会议接受，获准去参加这次学术会议。

五台山当真青山葱翠、梵音涤尘，两人在湖光山色之间免费被许多大名鼎鼎、如雷贯耳的知名学者们熏陶了一把，心满意足，打道回府。

坐在火车上，两人一人抱一本书看得沉醉。

对面有人说话："你们看什么看得这么入迷啊？"

两人同时抬头，对面坐着一个满脸堆笑的男士，显然是坐车坐累了，想找人聊聊天。

两人把自己的书竖起来，给他看书名：《道德经诠释》、《佛诗三百首》。那家伙没想到两个妙龄女郎看的居然会是这种东西，大吃一惊，一下对两人兴趣大增。

"你们是干什么的啊？"男人看看两张皎好的脸庞，神气还有点单纯，明显还没有沾染社会人的圆滑，"学生？大几的？"

但又觉得本科生不大可能有这样的兴趣气度，"研究生吧？"

程曦在面对陌生的路人时，神情总是很一本正经而且谦和的，可以骗倒很多迷信外表的人士。她露出极其温和的笑容，"对。"

那男人被她的态度鼓励，继续户口调查，"你们是去 A 市吧？哪个大学？"

"晴川书院。"

男士莫名地兴奋起来，"我也要去晴川书院。我要读晴川书院的硕士。"

程曦纳闷得很，怎么有人在研究生考试之前就能自信满满地知道自己将要读硕士。

于是这个书呆子鼓励地对那男士说，"那你这么有信心，应该复习的还不错吧？"

"我还什么都没看呢。听人说考研关键是跟老师关系好不好，是不是？我看你们晴川书院的硕士应该也是很好考吧？"他满怀信心地说。

这句话一出，上一秒他上进好中年的形象登时如肥皂泡般破灭，两个人对他的印象顿时落到谷底。

做学术的人，最基本的素质就是对于学术的尊重。晴川书院表面自由，骨子里却浸透了学术精神。不管学得好不好，基本的学术态度总是十分重要的。晴川书院的学生对赤裸裸地混文凭的人，多少都会鄙视，何况是这种完全不打算付出努力，并且认为别人也不会付出努力的人。

两人交换了一下眼色。

"那可真怪呢。"程曦和颜悦色地先开口，"我不知道你是从哪里听来的，但至少我们学校的学生没听说过这样的。考前来听听老师的课可能是有点帮助，但也没听说这么离谱的。"

韩默满脸诚实，默契地接上："是啊，老师们都比较喜欢认真学习的学生，虽然说在复习期间听了老师的课，考试复习起来范围会窄一点，可是不准备肯定还是通不过的。再说，就算把题目给你，也不一定就会答啊。即使你们 C 类的分数线划得低一点，也不至于完全不复习就能过关。"

"那不管怎么样，你的英语还是要好好复习吧。英语不过是不会调档的。"

……

在两个"坏"女人你一句我一句貌似充满关心的话语的夹攻之下，那个男士的自信心受到了严重的打击，偶尔试图说点对自己有利的因素，都在两个人逻辑缜密的分析之下土崩瓦解。

一张圆脸慢慢地冒出油来。

"那我就肯定不考了！"他郁闷地说，一点没有振作精神好好拼搏的意思。

两人原本只是希望能让他端正学习态度，认识到没有耕耘不得收获。没想到会听到一个这么不像男人、让人鄙视的答案，对他的最后一点好感也消失殆尽。

于是，这趟旅程在某种意义上变成了这个男士的酷刑——他对于靠升学发达的信心，如果没有降到负数，至少也降到了零。

当然，看着他的脸一点点变暗的韩默与程曦就享受得很。

下车之后，韩默叹了口气："我真不明白，他考研是为了什么？"

"有个好文凭啊。"

"唉，C 类的分数线的确比较低，万一他考得上呢？"

"考得上又怎么样？研究生本来就是宽进严出的，晴川书院的研究生可不是那么好毕业的，小心像长发飘师兄那样读个十年八年的。再说，就算他能毕业，花几年时间什么都没有学会，能有什么意思？还不如拿这几年去做点别的比较有意思的事情。文凭这种东西只能短时期内蒙混一些人，但没有能力，时间久了，也还不

女博士总喜欢把什么都加上点思想，比如她老觉得鱼缸里的鱼在沉吟："出去还是不出，这是个问题？"鱼缸里过一生太平淡，大海里遨游太辛苦，确实是个两难选择。然后，她想，天下事大抵如此，比如文凭、比如婚姻……

——彩云雨田　题绘

04. 10

是没用。要是这种人都能考上研，文凭就越来越不值钱了。大家都觉得文凭没有一点用处，干脆都不看文凭了。"

"所以，我一直觉得，如果不是真心喜欢这个专业，就不要来读研了。虽然有很多博士生们不肯在口头上承认，但能坚持读下来，读到博士的，多半还是能从学习中找到乐趣的。学习如果不能乐在其中，就会是一件很悲惨而不太可能坚持得下去的事情呢。"程曦在温暖的阳光里皱皱鼻子。

"我真觉得奇怪，一方面我小师妹因为读研濒临崩溃。媒体也天天在报道说什么研究生找不到工作，博士难找配偶这些负面的新闻。另一方面，又有这么多人挤破了头考硕考博。就像一方面大家都在说婚姻是爱情的坟墓，一方面大家又前赴后继地结婚。"韩默想到一个很有创意的类比，"难道研究生也是一座里面的人想出去，外面的人想进来的围城？"

"'里面的人想出去，外面的人想进来'这种事，难道是城的错吗？是人自己爱折腾吧？我觉得'围城'的真正涵义是人们不懂得珍惜当下所拥有的东西。读研当然是积极面和消极面都有，可是没考上的人看到的是读研的积极面，所以要进来。读研的人看到的是读研的消极面，所以想出去罢了。不管城里城外，如果看到的是自己已经拥有的而不是自己还没有的，总会好过一些吧。我想婚姻这座'围城'也一样。"

范缜说："人之生譬如一树花，同发一枝，俱开一蒂，随风而堕，自有拂帘幌坠于茵席之上，自有关篱墙落于溷粪之侧。"①可是很多时候，幸福和花落在哪里的关系是不完全对应的。学会积极地看

---

① 出自《梁书·列传第四十二·儒林》。意思是说，人的命运就像"随风而坠"的花朵，而"风"则是"机遇"，飘到哪里，落到何处，完全是偶然的。

待人生里的不愉快,幸福的时间就会多一点吧。

"至少我们今天是很幸福的。碰到这么好一个活靶子,欺负他得也够爽了。"程曦的奸笑让韩默也忍俊不禁。

"不过听说研究生又要扩招了!老师们现在都已经没时间带学生了,再招,哪有时间做研究啊。"

韩默想了想,噗哧一笑:

"给你讲个笑话。江南七怪+马钰+洪七公+一灯大师+周伯通一起教一个弱智儿童,培养出大侠郭靖;武功天下第一的王重阳教七个资质不错的小孩,教出了全真七子;但全真七子加在一起也打不过郭靖。这就是王重阳盲目扩招的后果!"

秋渐渐深了,来拜访的考研族们也少了。

程曦的幸运还不止一件:她开会期间,那小女孩向老杨请教了一次。不知是被老杨的滔滔不绝欺骗了还是其他的什么原因,她决定飞程曦出局,而拜老杨为师。乐得程曦在寝室大呼"老杨万岁!"

不过,博士考试在三月,所以不久之后考博族又要来了。

老杨也很长时间没来骚扰程曦了。程曦有时受虐狂发作,就会感叹老杨的好处,招来韩默白眼无数。

听说那位"长发飘师兄"终于决定今年毕业了……

似乎一夜之间,落叶就洒满了晴川书院的林间小道,徒添几分萧瑟;高大的树木把剩下铁硬的枝干冷冷地直指天空;松树和柏树倒是被料峭的寒风衬得格外苍翠,这时正是它们一年当中最风光的时候。

冬天莅临A市都是突如其来的,人们突然发现自己不得不穿上厚大衣了。

又到周六，韩默把要读的书拿好，往 615 走。

一进门，程曦正穿着一件"母爱牌"棉袄乐颠颠地忙东忙西，为下午的读书会做准备。

韩默看看她上下这身行头：上身妈妈做的红底黑花小棉袄，下身黑底白花的棉裤，一张脸红扑扑的，俏得像个刚结婚的农村小媳妇，不由翻了个白眼，"你家'二狗子'还好吗？"

程曦憨厚地笑了笑："好，好。他说了，就等咱家里的羊卖了，还要再给俺做件花衣裳。"

"二狗子"乃是这两个寝室的常驻外来人口，每当对方穿着上有什么让人垢病之处，就会把"二狗子"作为对方配偶请出来问候。

后来"二狗子"的名声慢慢从程曦、韩默口中传遍六楼，继而整栋博士楼。他的名字也就在整个楼里未婚女博士们婚姻状况表里的配偶栏中闪烁。

外来人口初到时往往心里嘀咕，想知道这"二狗子"到底是何方神圣，居然娶了女博士。后来发现"二狗子媳妇"不止一个，更吓了一大跳，问都不敢问了。（想来广袤的中国大地上，定然有无数个"二狗子"因为韩默程曦这两个坏蛋，而多打了不少喷嚏，万一有一天追根溯源，这两个丫头需要赔偿的医药费一定数量可观。）

"你就穿这样读书？"韩默是那种倒个垃圾也要把眉毛画得好好的完美主义者。

"有什么关系，都是熟人。"程曦大大咧咧惯了，完全不觉有什么不妥。她的个性和韩默完全相反，像咬合的两个齿轮般互补，所以两人才这么好。

中国历史上最著名的老人家——孔子教导我们说："独学而无友，则孤陋而寡闻。"

很多人都觉得博士们一定傲气十足，其实本科时候的年少气盛到了硕士就已经换作"壮年听雨客舟中，江阔云低、断雁叫西风"的深沉，到了博士更是"而今听雨僧庐下，鬓已星星也。悲欢离合总无情，一任阶前点滴到天明"，已是反璞归真的境界了。此外，经历越来越多，只要不是书呆子总能学到一点半点的，所以对人对事的宽容度也就慢慢高了。

到了博士，锻炼思维方式已经是比学习知识更加重要的事情。书越读越多，课越上越少。如果还像本科生那样通过上课与人打交道，那么博士生认识人交朋友的机会几乎等于零。

但一个人闭门造车，实在是一件很容易陷入自我陶醉的泥潭的危险事情。而且研究生界是个各式各样近似神话的牛人辈出的圈子，不多交几个朋友，实在是件很可惜的事情。

因此，在晴川书院的文科生博士界里，历来都有组织读书会交流思想的传统美德。

早在开学之初，韩默就号召过615俱乐部的成员们组织一个读书社，参加者的义务是必须奉献零食给大众享用。当真是登高一呼，应者云集，时间能固定的核心成员基本每次都参加，时间不固定的就随机列席旁听——由于615俱乐部的人员"成分混杂"，直接的结果是造成了晴川书院博士生界专业最杂、读书范围最广泛、思想最活跃、气氛最热烈的读书会。

　　不同专业的女博士们围绕着经过推荐选出来的某一本书阅读、交流，进行学术讨论，互相学习和吸纳其他领域的研究方法，各种学科不同的思维方式之间碰撞出了不少非常有意思的火花①。

　　"崩溃"因此得意地引用剑桥大学原校长布罗厄斯诠释"剑桥精神"的话——"活跃的文化融合和高度的学术自由"——来形容这个读书会之特色，很有点傲视天下的意思。

　　今天的读书会只有核心会员，人少了点，但依旧进行得很顺利，韩默贡献了瑞士巧克力一袋，"大娘"拿出葵花籽一包，"崩溃"进贡了茶叶……

　　程曦平时都是踊跃给大家买吃的，但这段时间为写论文，太忙没空出门，这次就吃白食。

　　哈！哪儿的话，我们说漏了：她贡献了场地和开水。

　　会后，"大娘"对大会组委会提交了一项议案："我有个师兄老张听说我们有个读书会，也想参加。他是学明清史专业的。""大娘"乃是历史系一个奇女子，无论老师还是同学都对她印象奇佳——在大学里，一般和老师关系好的学生，多半不会被同学喜爱，像她这样无论在老师眼里还是同学心里都能留有好印象的，确实难得得很。她的姓氏乃是在许多武侠小说的章回段落之中都熠熠生辉的复姓"公孙"，很是拉风。可惜对于一批对古典文学熟之又熟的女博士来说，相对于现代的武侠小说，"公孙大娘"这种曾出现在李白诗句的古意盎然的名字才是她们的首选，于是硬塞了个"大娘"的

---

　　① 英国的许多著名大学，如剑桥和牛津都有喝下午茶的传统，发端于维多利亚时代的下午茶，成为了学术交流、研讨的重要平台。参加者来自不同学科。跨学科思想的碰撞常会产生各种新奇的思路，往往从而得到学术上的极大收获。在剑桥有一种说法，说剑桥大学的下午茶喝出了60多个诺贝尔奖获得者。

绰号给她。由于与她的时髦形象形成强烈的反差，得到了大家一致赞同，迅速流行开来，她起初怄得要死，后来被叫得久了，也就麻木了。

"行。"大家异口同声，"但是要买吃的！"

"大娘"笑，"没问题！他是工作了再考的，现在在原学校里挂了个名，脱产来读博士，每个月还有几千块工资，比我们有钱多了，让他贡献零食是大大的方便。"

一众馋猫们欣然点头。

程曦举手，"我有个好朋友也想来，也是男的，也是工作过的，现在在读 MBA，已经主动提出要贡献花生一大袋。另外，他还高举从比利时带来的巧克力一盒，慷慨激昂地说：'如果我们吸收他，他就当堂割爱。'"

热爱吃巧克力的"崩溃"率先没有骨气地点头……

韩默笑："有个学美学的男博，也听说我们的读书会有意思，所以前不久找到我提出申请。我觉得他还不错，你们看呢？"

因为韩默的气质和风度广受一众文科女生的仰慕，所以韩默的提议很少有被否决的。

"我觉得读书会应该控制一下人数，在十个以内就好。""崩溃"充满理性的附议也得到一致通过。

渐渐地，那几个新增加的男士都和韩默她们熟了。

熟，自然就开始不拘于礼。

读书会接收新人的决定，第一个影响到的居然是"大娘"养的小狗。这小家伙脾气最近日渐顽劣，不仅喜欢到处撒尿，占地为王，还热爱咬人，而且"杀熟"——特别喜欢咬熟人。那几位男士就出了个馊主意，说恐怕是荷尔蒙分泌失调，建议把它给阉了，说这样

　　做狗的悲哀，是自己的"狗生"都要为主人所决定；做女博士
的狗的悲哀，就在于决定的背后，往往还要被附加上许多文化因
素。

——彩云雨田　题绘

就会像司马迁一样——从痛苦中体会到人生的真谛，从此以后身残志坚，痛定思痛，乖乖地写本《狗史记》出来。

"大娘"原本舍不得，但一周之内连接有人被小狗咬过之后，只得忍痛处之以宫刑。出主意的人大概是忘了中国还有个和司马迁同样出名的阉人……谁知道它居然走了东方不败的变态路线——变本加厉地狂躁，咬人咬得更加厉害，成为了读书会吸收男士的牺牲品，本月在博士楼中传为笑谈。

说起来，那天的话题又是老张挑起来的。

老张，已婚男士，博二，明清史专业。

老张原也是条身长八尺的好汉，读研究生时削瘦的身体加上一副忧郁的黑边眼镜，让人只觉得随时要说出一番鸳鸯蝴蝶派的情话来，倒也吸引了不少对五四文艺青年满怀憧憬的低年级小女生。他相信女子以貌为才，于是就挑了个漂亮又会做家务的结了婚。工作了几年后，他又考上了在职的博士。然而攻博之后，常年坐在电脑前用功，运动量减少，只仰卧而不起坐，只伏地而不挺身。妻子又照顾得好，自然衣带渐窄、日见增肥。奇就奇在他四肢没有变化，胖都胖在肚子上。远望过去，一个圆鼓鼓的肚子，加上瘦长的四肢和庞大的眼镜边框，看来整个就是一只大蜘蛛。

按说他的婚姻求仁得仁，理应快乐得很，可惜结婚几年之后，他发现两人的关系越深入越长久，妻子的关心就越来越具体，从雅到俗，从精神到肉体。热恋时她问他"你的心情好不好？"，结婚后她问他"这条鱼六块钱一斤贵不贵？"或者"你到底几天没洗澡？"。更惨的是，他发现自己思想境界不断上升，而妻子不仅止步不前，并且日渐伧俗。

结婚五年之后，老张成了最积极的"婚姻无用论"的鼓吹者。他的口头禅是:"结婚不就那么回事么?"并且时时努力想要为读书会的另外两个未婚男性成员洗脑。

尚相信爱情,并且期待婚姻的一众女博自然常常与他为婚姻的意义论战,其中尤以有"女博第一名嘴"之称的"崩溃"为首。两个学人文的博士论战起来,自然十分精彩,让大伙都十分喜乐。

其实对博士们来说,能有个势均力敌的论战对手乃是十分快乐的事情,至于辩论的成败倒不太放在心上。

自古高人多寂寞。老张关在家中夜郎自大了五年,欲求一败而不得,这一下好不容易在读书会里碰到一批能言善辩的女博士,简直像独孤求败见了风清扬——痛快得不得了。每次读完书,他一定主动挑衅,但"拳不离手,曲不离口,收藏武功会贬值"乃是放之四海而皆准颠扑不灭的真理。他五年都没有人陪练,自然比不得这些整天拿唇枪舌战闹着玩儿的女博士们。但此人乐在其中,屡战而屡败,屡败而屡战,每次落败,都败而不怒,走得乐呵呵的,下一次又早早报到,倒也算得中上人物。

偏偏"崩溃"也是个善辩、爱辩,并且以辩为人生中最大快乐的,这一下两人志趣相合,棋逢对手,惺惺相惜。以至于每次读书会结束后,老张都舍不得走,必定要找个因由和"崩溃"争论得不亦乐乎,一定要输到溃不成军、屁滚尿流,才大笑几声"痛快、痛快",飘然而去。

几次下来,大家都习惯了,统统熟视无睹,该做什么做什么,懒得理这两个无聊的家伙。

但今天老张的态度却罕见地和平,与其说是辩论,不如说是他向"崩溃"请教。

"我真不明白,女人究竟要什么?"老张的苦恼表情让"崩溃"这种心地极度善良的女性立马放弃了论战的念头,转为一股毛泽东时代农业技术人员热情帮助贫下中农的决心。

他的这句话也立刻得到了女博们的极大关注，大家都用温暖的眼神鼓励他讲下去。老张不耻下问："你们说说，女人到底要什么？就说你们认为最重要的，不要说附加条件。"

一众从上了博士就没被人当过女人的女博们受宠若惊，赶紧乖乖开动脑筋思考自己到底要什么。

"但是，我觉得你的这个题目太大了，讨论起来太空泛，没什么学术价值，我看不如就讨论女人在婚姻里到底想要什么。""崩溃"永远是最理性的一个，老张点头。

"我想是爱我的丈夫吧，""大娘"先开口，"我觉得家庭很重要。"她的男朋友为了让她能继续读书，放弃读研，出去工作。两个人感情一直很好。

听到这句话，老张的近视眼瞪得大大的，黑眼仁儿仿佛要夺眼镜框而出，"大娘"在他庞大的黑边眼镜的审视下有点畏缩。

"你现在在学校，经济问题对你还不那么重要。如果十年后，你和一个当年远不如你的同学碰面，她嫁了一个有钱的，她开跑车，你骑自行车，你会不会有一点心理不平衡，埋怨老公不争气？"

女博比一般女性的长处在于多年的学术训练使她们在面对异议的时候，理性往往强于感性，所以"大娘"抑制了自己想要开口否认的冲动，认真地思考这个问题。

"那我要有自己的事业，'失节事小，失业事大'，亦舒说的。"还不知道什么是真正爱情的韩默有点心虚，拉自己喜欢的作家出来做幌子。

老张敏锐地感觉到了她的迟疑，一声冷笑："你确定，你愿意当一个身家过亿可是没人真心爱你的老姑婆？一点都不会后悔？"

韩默无言，聪明一点的女人都明白女人始终是感情的动物，所以感情游戏里输的大多还是女人，强行否认无疑是很没有学术良心的，即使只是想像，也知道多少还是有点后悔的。

"我希望有一个很有事业心的丈夫，男人工作的时候是最有魅力的。"已婚的小侯谈起这个话题，表情坚毅而决绝，仿佛在跟谁赌气。

"好，那他为业务忙到三更半夜不回家，你三个月中看到他的时间加起来不超过一个星期，你受得了吗？多少女人因为这个离了婚？"男博士和女博士的共同点在于：找起茬来都是一把好手。

小侯平时很爱说话，可是这次却没说话。

程曦大咧咧地挠挠脑袋："我不知道，我觉得我想要的经常都在变。"

没想到听见这句大实话，老张居然爆发了，唾沫横飞，大有飞流直下三千尺的气势："你们女人就是这样，变来变去的。结婚前，我老婆说她什么都不要，就想要个安稳的家庭和对自己好的老公，我答应了她。男人是不能轻易许承诺的，许了就要遵守。所以结婚后，我就天天在家里陪她。我不抽烟、不喝酒、不花心、无不良嗜好，算是难得的好男人了吧？"这种危急的形势之下，大家赶紧纷纷点头，同时稍

微往后坐一点,避其锋芒。

"可是没过几年,她就开始跟我闹,天天在家里说谁的老公读了博士、谁的老公挣多少钱,说男人一定要有事业心什么的。所以我才下定决心读了博士。现在我开始忙毕业论文,每天查资料,累得要死,当然没空陪她。她居然又活回去了,又开始说要一个连说话都没时间的老公,还不如要一个没事业但对自己好的。那她一开始跟我较什么劲,逼着我考博啊?"

一众女博听得想乐又不敢乐,努力绷起脸皮。

男人和女人之间不能互相理解,始终千百年来是困扰人类社会的一大问题。

"可是程曦说的很有道理,""崩溃"和老张对战惯了,根本不把他的发作放在眼里,把论题扯回来,"女人的特点就是自己都不知道自己想要什么,不然就不是女人了。没有爱情的时候,觉得有爱情就够了,有了爱情,就希望有面包,有面子。"

"可是那不是永远都没有满足的一天?""大娘"有点怔怔的。

"崩溃"笑,"所以问题不是女人到底要什么,而是女人能不能理性思考自己的选择,从而得到心理上的平衡。"

"你说的意思是不是就是那句'婚前选你爱的,婚后爱你选的'?"程曦对这种弯弯绕的说话方式习惯得很。

"崩溃"给了程曦一个孺子可教的赞赏表情,"人永远都不可能改变别人,那就只有改变自己。其实想想两个人能在一起多久呢?就算没有生离死别,平安过一生,也不过就是区区几十年。中国人说百年修得同船渡,千年才修得共枕眠,就是要我们懂得珍惜在一起的光阴。一生只有那么短暂的时间,何不换个视角,让自己和爱人都快乐一点?"

痛苦来自要求。人们往往要求别人改变,而忘了也许恰恰是自己的要求在不断变化。

"我觉得谁娶到'崩溃'真是他的福气。"韩默悠悠然地评了一句。

老张重重点头,另两个从开始一直张着嘴听到现在的男士也跟着点头如捣蒜。

"大娘"补充,"顺便说一句,根据我长期以来的观察,不管对什么样的女性来说,爱情始终是最重要的。所以当我们被别的东西蒙住眼睛时,就要想想这条金规则。"

一直没有开口的小侯,此时突然没头没脑地说了一句:"谢谢!"

大家诧异地看着她。

小侯的脸红了,"我老公是我读大学时候谈的,后来结婚之后,我读研、读博,他都很支持我。慢慢,我就开始觉得他没有上进心,怎么看他都不顺眼。我想要他继续读,可是他又没有兴趣。他很苦恼,可是因为很爱我,一直让着我。今天我才明白,原来问题出在我身上。我想明白了,当初和他在一起,就是因为他对我好,爱我。既然到现在他都没有变,那么我得到的正是我当初想要的。这就是我的幸福。"

所谓女博,就是既能听得懂,也能听得进意见的女人。

"知过能改,善莫大焉!"程曦率先鼓起掌来,觉得从今天的讨论中大有收获的女博们也笑眯眯地跟着鼓掌。

"可是跟我老婆说这些是没用的。我不管跟她说什么,她都根本听不懂。"老张很郁闷。

"那活该,谁叫你当初不找女博士。""崩溃"给了他漂亮的一击,作为 Ending。

本学期最后一次读书会圆满地结束了。

不过这次的讨论还有一个关系不大的后续，因为牵涉到女博独特的身份，所以我们还是把它写在下面。

一放假，韩默就回家了。程曦因为要写课程论文，在学校直待到年前图书馆关门才走。她还没经历过春运，韩默有点担心。正巧李言有个同事小钱和程曦同乡，韩默就让李言拜托小钱陪程曦一起走。小钱人很好，爽快地答应了。

程曦是个死不肯麻烦别人的人。为怕程曦推托，李言和小钱商量好，对程曦就说，是因为春运火车票难买，请她通过学生订票处帮忙买票，程曦马上义气地答应了（其实小钱为了和她一起走，把自己的行程推后了两天）。

程曦买票的时候已经没有卧铺了，只得买了两张硬座。

幸好 A 市是始发站，小钱又是有经验的，通过茶座提前进站，上车的时候还算顺利。

小钱把程曦安排在靠窗口的位子，自己勇猛地坐在靠通道的那一个。

不一会,车上就挤得满满登登,哭爹叫娘。站着的人慢慢地也顾不得熟不熟,纷纷趴倒在靠通道坐的人身上,估计此时要是有人从上方俯瞰下来,必然误以为到了某肇事现场,尸横遍野。

程曦看不一会小钱身上已经趴了三个人,义气地问:

"累不累,要不我和你换换?"

小钱勃然大怒,"哪有让女人吃苦的嘛,你坐你的。"

程曦自上博士以后,就没人这样把自己当女人照顾过,这次突然意识到自己的女性身份,不禁有些发蒙。

过了一会,看到程曦在不住地喝水,小钱又提醒她:

"口干也少喝一点,润润喉咙就算了。现在厕所里一定都是人,进不去的。"

程曦老老实实地点头。

小钱怕程曦被挤着,整整八个小时努力直着腰顶着那三个人的重量;又怕程曦再次主动要求换位,时不时还勉强露出一丝笑容,表现自己的轻松。

程曦因为以第三种人自居得久了,向来都是自己大义凛然地照顾其他男博士们,到现在才享受到被人照顾的滋味,心里有一点没有良心地希望火车晚十个八个小时的点。

眼看着离到站还有一两个小时,小钱站起来试着挤了挤,空手都根本动不了地儿,回头看看程曦娇小的身形和庞大的行李,知道从车门下车是不可能的了。一转头,跟对面的师傅搭起讪来:"唉,这火车真是够挤的!"

那师傅也是憋的久了,既然有人和自己主动聊天,也乐得吹牛打发时间。一时聊得吐沫横飞。

小钱从口袋里掏出包中华,递上一根:"跟您说话真长见识,可惜我们下站要下车了,早知道跟你多聊会。"

那师傅被他不轻不重、恰如其分地一捧，乐得咧开大嘴直乐："小伙子和你媳妇回家吧？我春运跑得多了，有经验。这趟车从门肯定下不去，这车估计是对面靠站台的，我们这边窗口没人管。你们就从窗口下，先让你媳妇下，把行李送下去，你再下，我一个一个给你们把着。"

小钱不住地称谢，程曦这才反应过来，心里一阵佩服。但对这位师傅一口一个"媳妇"多少有点不好意思，但既不好辩解，又不好承认。好在程曦个性爽朗，既然于事无补，干脆不想了。

到站后，两人从车窗跳下车，接过那师傅递下来的行李。

刚刚爬上月台，就看见两个巡查人员从地下通道慢慢上来了，他们满脸狐疑地盯着两人。

程曦反应当真敏捷，假装没有看见他们，对着火车一边看，一边大声地说，"太挤了，我看我们从这边是爬不上去的了，还是回去从车门挤挤看吧。"

那两个人也就没搭理他们，擦身而过。

看着小钱脸上的诧异和佩服，程曦小小地得意了一把。

小钱送她上了出租车，记下车牌号，跟司机交代清楚才走。这一整趟旅行，程曦被人当公主似地照顾着，没费过半点心思。

坐在的士上，程曦恍然若失了半晌，掏出手机，顾不得长途加漫游的昂贵，给李言打了个电话："喂，是我，你跟小钱说了我是女博士么？"

……

"说了？真的说了？"

……

"说了是学哲学的？"

……

"说了是吧。"

……

"没，没什么。就是随便问问。"

晚上，百感交集的程曦在 QQ 上给韩默留了言，"关于上次读书会讨论的那个议题，我有补充。我觉得，女博是比较特殊的一群女人，因为我们通常都不被当做女人。读博士读了这么久，我突然发现被人当做一个纯粹的女人而不是女博士，是一件非常幸福的事情。我想也许女博婚姻的一个特殊条件是对方能把文凭丢开，把我们当做一个真正的女人来对待。"

韩默不知道程曦哪根筋又搭错了，索性懒得回复。

寒假总是短暂的，新学期又开始了。

目的婚姻的可执行性

某一天,悲观主义者韩默对乐观主义者程曦说:"我觉得我是一个失败的人。因为我发现成功是一件根本不可能的事情。当我小时候,我想读到大学就算成功了;可是当我读到大学,我发现本科生满地都是,于是去考研究生;当我读到研究生,发现上面还有博士;当我读到博士,全国人民都在旁边等着看我怎么嫁得出去。"

人世间最奇怪的事情,就是觉得自己人生还不够成功的,往往正是那些他人眼中所谓的成功人士。

程曦对这个论题有极大的兴趣,刚想要说点什么,突然电话响了。她忙着接电话,没有空回答,只能用空出来的一只手指手画脚一番,以示雄辩。

615俱乐部的常驻会员,深受广大人民群众爱戴的"大娘"用极为缓慢的语速一字一顿地说道:"我觉得,如果你胆敢站在一个人群往来之处讲这番话,恐怕会被愤怒的群众群殴而死。你一个博士生都觉得自己不成功,那些文盲还怎么活?"

也许现在的舆论导向是让人们不知不觉地认为，这个社会是一个只有成功的人才有生存价值的社会，可是成功的标准又那么高，结果就造就了一大批盲目听从舆论的不快乐的人。这些人对待任何事，包括婚姻，都有惟一的指向：达到目的。远的如韩默的本科师姐，英语系的系花，一毕业就成功打入某房地产公司老总的家庭内部填了二房；近的如经常出入程曦寝室的师兄老杨，短短数月就钻进了某女孩的求爱圈套，乖乖地执行了目的婚姻。而中国的未婚女博士们到底还能否为了纯粹的爱情而继续与时间拼杀呢？

"可是我真的发现，成功就像拴在驴鼻子前面的那根胡萝卜，永远在神秘地不停后退。"韩默永远有郁闷的理由。可是奇怪得很，她竟然又是一个很热爱人生的人。

程曦的电话讲完了——她表情之悲惨立刻让韩默觉得自己还是幸运的，其效果远超过读完一整本专门讲述如何热爱人生的《心灵鸡汤》。

"我的天，"放下电话的程曦捶胸顿足、以头抢地，"考研分数出来了，老黄今年肯定又没戏了。他说他还要考！"

考了第六年研的老黄原来是程曦前男友的死党，为了捍卫自己的革命友谊和表示自己的英雄气节，仇视了程曦很多年。但知道了程曦在读博士之后，他经过种种思想斗争，还是决定为了考研屈尊俯就，和程曦言归于好。

程曦这人从不把莫名其妙的人或者事放在心上，所以本来就没把他多年的敌视当一回事。而且都是同一个学校的，还是师兄，对方既然主动求援，按她的个性当然会尽力帮忙。

老黄原本心中忐忑，担心程曦不肯帮忙。等程曦帮了，又不肯相信程曦大度，免得承认自己这么多年恨错了人。想来想去，觉得必然是程曦心中有愧才如此尽力，从此坦然地出没于615，跟程曦居高临下地借东借西。

很多时候，真不能怪人们不喜欢和落魄的人打交道。

为等着一朝"鲤鱼跃龙门"，老黄一直没有好好找个工作，常年在一个半死不活的国有企业待着，落魄的时间久了，渐渐有了心理障碍，敏感得很。尤其是当他和这些学历高得比他的硕士生梦想还要过分的女博士们接触的时候，他更是一下子觉得有人瞧不起他、故意疏远他，一下子觉得博士有什么好了不起的；接待得不够热情就觉得是排挤他，耐心哄着又觉得是别人揶揄他。

韩默一句话概括得精炼："近之则不逊，远之则怨。"[1]

也许现在的舆论导向是让人们不知不觉地认为，这个社会是一个只有成功的人才有生存价值的社会，可是成功的标准又那么高，结果就造就了一大批盲目听从舆论的不快乐的人，并且他们又努力地把不快乐带给他人。

这几个月下来，615俱乐部的一批女博纷纷谈老黄而色变。

老黄这样造成的直接后果，是615的所有正式非正式会员都无比真诚地希望他能顺利考上硕士研究生——从此救众生于水火，解民众于倒悬[2]。所以这个噩耗对大家的打击无疑都不小。

"大娘"不失时机，大义凛然、义正词严地对韩默说："你还郁闷，

---

[1] 子曰："惟女子与小人为难养也，近之则不孙（逊），远之则怨。"——《论语·阳货》。

[2] 倒悬：梵语 ullambana 之意译。音译盂兰盆。佛教认为人生前若作恶多端，死后魂魄便沉沦于闇道，有倒悬之苦。——《玄应音义卷十三》。

看程曦都活得下来。"

成了悲惨指数的程曦哀号一声:"谁也别拦我,让我从窗口跳下去吧。"

所有人立刻齐刷刷把从电话到窗口的必经之路让开,留出一条宽敞的通道,没有半个有想拦的意思。

"崩溃"趁火打劫:"程曦,你能不能等在遗嘱里写上把你的DVD碟都留给我以后再跳?"

"就为了我的那些DVD,我也不能遂了你的愿!"程曦悲愤地放弃了轻生的念头。

"考研成绩出了?"看到别人的不幸,觉得自己好过了不少的韩默想起来,"对了,你在上学期接待的那个有一个很厉害妈妈的小姑娘呢?"

"考得上才怪。我看她每天至少要在打扮上花上几个小时,哪有时间学习?""崩溃"一声冷笑。

"每天看见她。我自己就纳闷:当年自己考研的时候,怎么就那么灰头土脸,丑不啦叽的。幸好我男朋友当时没有嫌弃我。""大娘"笑眯眯,"但是我考完以后,我男朋友突然觉得我一下子变得好漂亮,有意外之喜。"

下决心考研的女生,不管多爱美,至少在考前的一年是不太有时间好好打扮的。

所谓没有丑女人只有懒女人,女孩子打扮不打扮,打扮十分钟还是两个小时,中间差别大得很。不用打扮而自然漂亮的美女其实不过是一个传说。

只要有人仿佛中了降头一般,每天双眼发直,早出晚归,怀抱一叠书或者背一个硕大无朋的书包,神情呆滞、念念有词地从校园中走过,必然是考研生。所以每当考研季节一过,校园里的外貌平均指数往往就会突然增高不少。

"不过,我还蛮佩服你那个小朋友的,"韩默对程曦说,"知其不可为而为之,不管考得上考不上,她还是坚持天天出没于男博楼请教问题,姿势做得还是很足的。"

"可惜我还真没在自习室遇到过她呢,不然会出奇迹也不一定。"看了这么多年的考研族,这个人考得上考不上,很多博士生只要眼睛一瞄,心里就大概有了个底。程曦从综合表现判断出来今年这个女孩的考研一定会失败,所以连电话都懒得打去问成绩,免得万一考得太低,说的人和听的人都尴尬。反正那位阿姨对自己的服务也还满意,就当解决了一个任务好了。

比较起来,她还是对刚才韩默的论题大有兴趣,"我觉得硬要把人分成成功或者失败,本身就是一个错误。一个人不可能样样都成功,总是有成功的地方,有失败的地方,关键是你的眼睛都看不成功的方面,当然就觉得不成功啰。"

可惜吃饭时间到了,大家纷纷作鸟兽散,把程曦的宏论憋在了肚子里。

她遗憾地叹一口气:"韩默,我受了太大打击,不下去吃了,你帮我带两个麻球吧。"

韩默干脆利落地答道:"好。"

坚硬无比的麻球乃是晴川书院食堂出产的一种糯米食品,程曦曾经在网络小说《食遍天下》的论坛里这样抒发崇敬之情:

"有一回馋了,在学校食堂买了一个麻球。不知是拿什么冒充糯米做的,外面的皮总有个半厘米厚吧,又硬又韧。小小一个咬了半天,把腮帮子都嚼疼了。我看这个硬度放在食堂卖太糟蹋了,不如上武器店卖来的合理有效。套周星星小同学《食神》里的话说:好麻球,不仅坚硬无比,可以作为暗器,也可以故作大方请仇家食用，最棒的是可以拿在手中装吃掩藏杀机。难怪被称为七种武器之首……"

引来网友们好一阵唏嘘。

然而网友们不知道的是，韩默和程曦还有过一些关于麻球制作人的学术讨论。

程曦从此物的功用出发，认为此物本是独门暗器，被人误作食物出售，因此考证认为这位师傅当是暗器世家四川唐门的后裔，辗转来到湖北。因为不甘一身本领荒废，故此在做饭的时候将平生绝学融入食物之中，方能化食物为武器。

而韩默则从品尝的感受出发，以为这位师傅当是遇到了诸如新娘随人远走这类大悲大痛之际遇，因而将满腔郁结之情宣泄于食物之中，以待知音云云。

然而与之前关于食堂的历次讨论一样，两人再一次一致地肯定这个论题的合理性：晴川书院食堂之内藏龙卧虎，不可小觑。

然而，当你面对一个随时可能出现"西红柿炒猪肝"这种极富创意菜式的食堂的时候，麻球这种能始终如一地保持某种难吃味道的食品就给人一种说不出的安全感……

某年某月的某一天，程曦正在屋里看她第一百零八遍的《君归何处》①，"大娘"左手横托一个菜板，右手斜拖一把亮晃晃的菜刀，

---

① 又译《你往何处去》，是波兰作家亨利克·显克微支的作品，曾获 1905 年诺贝尔文学奖。小说以公元 1 世纪五六十年代动荡的罗马帝国和早期基督教的发展为背景，通过罗马青年贵族维尼裘斯和信奉基督教的少女黎吉亚之间悲欢离合的爱情故事，反映了暴君尼禄统治时期的罗马与早期基督教之间的斗争。故事围绕两条线索展开：一条是以尼禄为首的罗马暴政对以基督教徒为代表的奴隶们的残酷迫害以及尼禄同元老重臣之间的矛盾；另一条是皇族维尼裘斯与人质黎吉亚的爱情纠葛以及由此而渲染的基督教善良、仁慈、忍耐、宽容的美德。

飘然而入。

"'崩溃'要我切了个黄瓜给她做面膜,我切得太薄,她贴完还有多的,你要不要?""大娘"含蓄地炫耀自己的刀工。

"大娘"乃是所有女博公认的贤妻良母,上得厅堂下得厨房,寝室自备电磁炉、菜板等各项道具。做菜手艺高超无比。偶然炖一锅汤,满楼飘香,引得四方来朝。

大家从她那里受的惠还不止于此。不管多么稀奇古怪的面膜,什么鸡蛋清配蜂蜜、黄瓜片、西瓜皮等等,只要你说得出,她就做得到,不要报酬,而且还保证顾客满意。武侠迷程曦看谁都像大隐隐于市的武林高手,故此在当面和背后都不吝于表达对她刀法的仰慕之情:"好家伙!只见她拿起菜刀,挽几个刀花。一根黄瓜就从立体变成平面了,而且片片白如玉,薄如纸,果然是一代侠女,丰姿绰约!"

程曦对于这种送上门来的好事向来欣然受之,一边摆出仰慕的表情,一边频频点头。

自尊心得到极大满足的"大娘",帮程曦把薄得透明的黄瓜敷了一脸。正要盖眼睛,程曦忙阻止,"慢来。要我像死人一样什么都不干,呆呆坐着,我肯定受不了。留两个眼睛让我看书吧。"

"大娘"一笑,"那你最好祈祷这种面膜效果不大,不然到时候光留两个没做面膜的眼睛,你就成熊猫了。"

程曦在当熊猫还是当死人中间挣扎了一会,还是觉得熊猫要好一点,不肯敷眼睛。"大娘"也不勉强,迈开"凌波微步",出尘而去。

程曦怕黄瓜片掉下来,仰着头,把书举得高高的,继续沉迷在古罗马的世界里。

有人敲门,程曦看都懒得看,拖长了声音喊了一声,"Come in……"

门帘掀开,进来的居然是这几个月都没怎么到访的老杨。

程曦手上高捧的《君归何处》没处放置,只得合在手里,浑身立刻冒出一股寒意。

奇怪得很,老杨居然没有注意到这本厚厚的描写早期基督教徒的重要小说。他欲言又止、含情脉脉、满怀期待地看着程曦,看得程曦起了一身鸡皮疙瘩。

程曦恶狠狠地把手中的书丢在桌上,用一种异常温柔的威胁语气,如磨刀一般从牙缝里挤出几句杀气腾腾的四川话:"你个瓜娃儿想要你就说嘛,你不说我咋个知道你想要呢,虽然你很有诚意地看着我,可是你还是要跟我说你想要的。你真的想要吗?"

老杨被她恐怖的语气吓得身上一颤,深知这样罕见的温柔语气之下,极可能埋藏着月黑风高、杀人放火、抛尸野外等不良企图:"我招,我招还不成。"

"有话快说!"程曦好不容易把后一句憋住。

"小月,就是你介绍来的那个女孩,她前段时间经常上我那去问问题。"

程曦一听,以为他是阴谋想向外转移国内矛盾,双手乱摇,"别,别想丢给我。你自己招的自己担。她问你,肯定是觉得问你比较好。"

"不是,听说她妈妈很厉害?"老杨久经风霜的老脸居然有点红,"我想问,如果我跟她妈妈说我想向她求婚,她妈妈会不会答应?"

程曦还以为自己听错了,但看看老杨的表情,一脸严肃,她才发现居然是真的,呆了。

鼓起勇气把话说出来的老杨这才注意到她那满脸摇摇欲坠的黄瓜片,亦大惊。

两人互相震惊地对峙五秒,仿佛是香港警匪片喜爱的定格画面。

韩默正巧要送两个橘子给程曦，一掀帘子，也被吓到了。

"你们疯了？"韩默以为两人要火拼。

"是这浑球疯了。"程曦急怒攻心，冒出一句骂人的话来。

老杨的幽默感向来不合时宜，他居然冒出一句《大话西游》里的经典对白，"悟空，你斯文一点行不行？"

此情此景实在太过滑稽，韩默忍不住大笑。

程曦先冲到卫生间把黄瓜片洗掉，再回来痛心疾首地对老杨说："我本来以为你是个好同志，把我的父老乡亲都托付给你，让你好好辅导她学习。你居然监守自盗，害得她无心向学。这下子，如果她妈妈说她考不上，都是我介绍的老师害的，我怎么跟她妈妈交代。"

她发现武侠小说里的常用对白今天终于有了用处，"你、你、你这个孽徒，你可把为师我害惨了。"

她满心想像的都是那位望女成凤的妈妈怒不可遏，一把火烧了博士楼的可怕景象，更担心自己的家人会因为自己的错误受到连累，一时气血上涌，浑失了平时的镇静。

可怜的老杨着实挨了顿数落，但因有求于人，也只能闷声大发财。

韩默这才弄明白怎么回事，她悄悄把手放在快要歇斯底里的程曦肩上，轻轻捏了一下。程曦才

意识到自己有点反应过度,静了下来。

韩默把手里橘子给一个老杨,给一个程曦:"好了,好了。吃橘子。我觉得这次买的好甜哦。"这一打岔,局面就缓和下来了。

劝架的方法之一正是不掺和任何一边,直接把话题岔开,转移战场。老杨感激地望了韩默一眼。

程曦一静下来,就想起跟老杨多年相交结下的深厚革命友谊,还有他平日的种种好处都涌上心头。

好兄弟的人生大事,就算枪林弹雨,刀山火海,她也只能硬起头皮,抛头颅、洒热血了。

她叹一口气:"你要我怎么帮?"

老杨大喜,"我就知道你仗义。我就想要你帮忙探探她妈妈的口风。"

程曦知道任务艰巨,而且万一失败很可能两头不落好,但想到事关好哥们老杨的"终身",只能下决心以身犯险,一咬牙,说出嘎嘣脆的一个"好"字。

老杨这呆子还要卖乖,"我就知道你一定会帮我的,我第一个就跟你说了,因为我知道如果你知道得比别人晚,一定会更生我的气。"

韩默恨不得一脚把他踢出门去,免得坏了好事,连使几个眼色。

老杨这才明白过来,任务完成,满脸笑容地走了。

韩默笑眯眯地望着凭一股血气之勇担下重担的程曦,"作茧自缚,哦?"

程曦哭丧着脸,"要不是跟我家人有关,我会很高兴帮他这个忙。但如今这个局面实在是让我棘手啊。但不帮也不行,老杨这个德行能嫁得出去是他的福气。到底人家老树发新芽也是很难得的。"

她引用了一句脍炙人口的演讲，"不管前面是地雷阵还是万丈深渊，我都将一往无前，义无反顾，鞠躬尽瘁，死而后已。"

韩默叹口气，"我原以为你练过金钟罩、铁布衫，刀枪不入，什么亏都吃得，什么事都忍得。现在发现你的罩门了——只要和你家人有关，你就六神无主，智商降低到八十以下，生活基本不能自理。不过这种情况下，你还能顾全友谊，我开始觉得你的确是个人物。"

程曦完全没有听见，她正陀螺一般转着圈子自言自语，"我要怎么跟阿姨说呢？ 怎么说她会不怪我呢？"样子趣怪，把韩默这坏女人看得好不兴高采烈——《草船借箭》里"奸诈"的诸葛亮一样是以看急得团团转的老好人鲁肃为乐，只是韩默少了一把鹅毛扇在手中徐徐摇动，缺了点风雅。

韩默面不改色地接了句话，"随便怎么说，我担保这件事都一定很顺利。"

六神无主的程曦听得一愣，看韩默一副老神在在、乐在其中的样子，知道所言必有所据。

"何出此言？"

韩默神秘一笑，"第一，你记不记得你曾经跟我说过，她妈妈对她考不考得上似乎不太关心。第二，她每天打扮得这么漂亮地出没于男生宿舍，你认为没她老妈允许，那乖丫头她敢么？ 第三，老杨好歹是读到博士的人了，以那丫头上次来所表现出的智商，你觉得就凭她，有可能这么快把老杨斩于马下，谈婚论嫁？"

程曦原本反应快得很，这次是关心则乱，才失了方寸。韩默一提点，她恍然大悟："你是说……"

韩默点头，"放心吧，她一定很高兴接到你的电话。而且还会在心中旁白'固吾所愿也'。"

程曦一恢复镇静就智力惊人，"当然，我还是要装得好像很紧张，很抱歉。不能让她知道我已经明白了：她这次过来，就是想要利用我帮女儿找个读博士的老公。还有，为他们夫妻幸福着想，这个秘密我只怕要瞒老杨一辈子。"

"孺子可教也！乖孩子，奖你一朵小红花。喏，吃橘子吧。"

果然，那位阿姨含蓄矜持而掩饰不住内心喜悦地表达了同意，并且委婉地建议两人最好尽快领结婚证。

这件奇事当然成了几天内 615 的热门话题，有感觉敏锐的女博也隐约猜到里面有内幕。但对质的时候，程曦、韩默这两个聪明女都装糊涂打太极，所以没有人有办法确认，大家只能毫无目标地讨论一番。讨论到最后，问题竟然演变成："既然人家都杀到校内来抢资源了，我们是不是应该发挥近水楼台先得月的优势，抢先搞定几个男博士？"

不几天，韩默的生日到了。

李言抗议未果之后，不得不响应韩默的号召，在必胜客宴请两位女博。必胜客这种东西，向来是女人吃得津津有味，男人吃得莫名其妙。李言这种不知情调为何物的"臭男人"，实在不理解这种昂贵的"外国烧饼"比街边的中国烧饼好在哪里。但既然是寿星女的坚决要求，他也只能举手投降。

在追求情调这方面，女博实在比一般女性理智不到哪里去。

临出门前，李言给韩默打了个电话征求意见，能不能让上次陪程曦回家的小钱也一起来，人多可以热闹点。

出钱的是大爷，加上对小钱上次的仗义相助十分感激，韩默当然欣然同意。

奇怪的是，到了必胜客，韩默才发现自己的生日宴会居然多了一个陌生的不速之客———个剑拔弩张的妙龄女子。

李言介绍说是他们公司的前台，表情无奈。来的都是客，两人也赶紧自我介绍。

那女孩年轻得很，妆画得很浓，满脸不懂事的稚气。尽管用的粉饼一目了然地劣质，却仗着年轻，仍能紧紧吸在皮肤上。

韩默、程曦有点感叹，青春果然就是美丽。

这女生一明白自己面前的是两位女博士，立刻没来由地对两人产生了明显的敌意，居然立刻对程曦说出学历不能代表人的能力这种台词，并且洋洋得意地举出几个最近与博士相关的负面新闻。这种愚蠢的行为当然让众人对她的评分刹那降到零分以下。其实全中国那么多博士，爆出的新闻却也不过几条而已，算算概率比普通人少太多了，只是读书人做点出格事特别打眼罢了。

此言一出，小钱满脸愧疚，李言遍身郁闷。

所以毕加索说："青春那么美好，为什么都浪费在年轻人身上。"

韩默淡定地喝了一口咖啡，神秘地露出了准备看好戏的微笑。

鲁迅说人生得一知己足矣。韩默的朋友也不少，单单挑中程曦做知心朋友，不是没有道理的。程曦此人除了性格可爱以外，也很会替人着想。

看人，不要看她怎样对自己，而要看她怎样对别人。这是一条颠扑不灭的真理。

要是这自不量力的女娃儿碰上的是研究生时代"少年心事当拿云"的程曦，少不得几句话就噎得她当场下不了台。可是她碰上的，是读博士已经读到"从心所欲不逾矩"境界的程曦，已然不在乎这种小面子。一眼便看出她的攻击背后隐藏的自卑。程曦索性给她点信心，捧她几句。

"你说得对，我也觉得一张文凭不能代表任何事，顶多只是说

个性这玩意儿，是与生
俱来的天赋：这厢搔首弄
姿，出尽百宝；那边一头短
发，冷冷走过窗边，便已是
夺目的风景。

　　——彩云雨田　题绘

05. 1

我在某方面了解得多一点，可是每个人都有自己的专长，所以是不是博士其实真没什么区别的。我觉得你的妆就画的很好啊，希望有机会能跟你学化妆。"可爱的程曦不知道，她的大度表现让自己在小钱、李言两位男士心中留下了极其美好的印象。

那女孩得到这种友善的回答，大大出乎意料之外，还接着攻击了几句，但明显气势已经不足，但又有点不甘心。

自卑和恐惧是世界上最让人有攻击性的两种情绪。自卑的人喜欢借寻找他人的缺点来获得自我心理的平衡。婚姻问题正是当人们面对容貌美丽的女博士的时候，惟一可以寻求到的心理平衡点。

那女孩试着转换话题，开始谈论女博士婚嫁之难。

小钱忍无可忍，站起身来，推说有事要先走。奇的是，那女孩马上也跟着告辞。

两人一前一后消失在视线之后，程曦和韩默把两双亮晶晶的眸子转向李言，看得他打了个寒战。

"这女孩喜欢小钱，所以今天听说小钱要来见女生，于是过来搅局是不是？"韩默对自己的生日宴居然能出现这种精彩镜头大感有趣。

"也不完全是喜欢。毕竟小钱在我们公司干得不错，而且又是硕士，老板很重视他。所以这

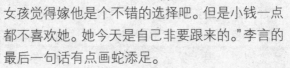
女孩觉得嫁他是个不错的选择吧。但是小钱一点都不喜欢她。她今天是自己非要跟来的。"李言的最后一句话有点画蛇添足。

"这么巧,我们最近也碰到一个目的婚姻的案例,并且还执行成功了哦。"程曦很高兴,读到了博士,还为这种不懂事的小女孩生气实在不大可能。

李言意味深长地看了程曦一眼。

韩默把老杨的故事告诉了李言,顺便问问从男性的角度会怎么看这件事。

从世俗的眼光看来,这个女孩子是成功了,因为她本来连硕士研究生也考不上,如今直接跳到"博士后"——成了博士后面的女人。

理想主义者韩默认为,她实际上是失败了,因为她输了一生中难得的选择人生和爱情的机会。

理性主义者程曦分析道:"既然长这么大了,但婚姻大事都任母亲摆布,说明她是个不太有自己思想的人。对这种人来说,找一个思想能力强而经济稳定的男博士来依靠,应该是一个不错的选择。从这点看来,这位妈妈做的并不错,还可以说得上是成功。"

李言的看法没这么多弯弯绕绕。他觉得这件事的重点应该是两人到底有没有真的产生感情。只要两个人感情好,这件事就不存在对错。就算日后老杨知道内情了,也会原谅她的。

两位随时充满了奇思妙想的女博问了他另一个怪问题,"为什么同是博士,男博的文凭就能让人赴汤蹈火地追，女博的文凭就会让人赴汤蹈火地逃？"

李言愣了一下："不会吧。没有这回事吧。那是报纸宣传的。我觉得一个男人见了一个女人逃不逃，主要还是看她的性格。就我接触下来，你们几个女博，除了老徐稍微强势了一点，其他人都很难把男人吓走吧？"

"怎么没有？前不久不是还跟你说到有个女博士隐瞒学历去征婚，结果谈了一年之后，把学历告诉对方，对方就跟她分了手。"韩默说，"所以古人只说'书中自有颜如玉'，可怎么没听说书中自有帅小伙啊。"

"这还是不同吧，我觉得这个男人更多的是因为这种做法伤了心。如果是另一个女人，瞒的是以前结过婚，估计男人还是会生气的。而且隐瞒学历似乎对对方有一定的侮辱性。"李言从男性心理的角度理性地分析，"在还没接触之前，听说对方是个女博士，可能还是有一点在乎的；但是如果见面后，女方表现得还不错，应该还是不会介意的吧。"

"可是还是有那种不喜欢老婆收入或者学历比自己高的男性啊，尤其中国男尊女卑思想这么浓厚，很多人一辈子连一个女博士都没见过，就跟着别人说女博士怎么怎么。所以婚介的时候，很多人听说是女博士，根本见都不肯见。不见面，他怎么知道女博士的可爱呢？"韩默为女博士冤得很。

这半年相处下来，韩默觉得中国的未婚女博士实在是最不应该为婚姻困扰的一群：她们理性、幽默、可爱，能接受批评，但又比一般社会上的同龄女性单纯。

程曦接过话来："听说是博士，就连见一面的胆都没有，这种男人就是自卑，所以心理承受能力不够。他不能承受的恐怕还包括邻居家电视换背投了，自己家电视还二十一寸呢。这种人就算嫁给他也不会幸福，管他们干嘛？"

她一声冷笑，"要是我就敞开了拿博士文凭去征婚就用我的文凭当筛选工具剩下来的肯定是金子要是没剩的我也不愿意为了结婚和一个孬男人凑合一辈子谁说女人非要结婚的嫁不出去就算失败吗那嫁出去但是婚姻不幸福的算不算失败两者相比较我宁可选嫁不出去至少不用每天在家里忍耐一个不爱的人走来走去还要帮他生孩子。"

程曦一口气说完，累得很，端起杯子喝下一大口饮料，得意地看着一双被自己不加标点的雄辩吓到的人。

"但是，我觉得女方也要考虑到男性的自尊，比如不管两边地位有没有差距，都一定要在他的朋友面前给足他面子。如果女方地位比较高，就更要注意这方面。"李言叹一口气，耐心地解释男性心理给这个大女人，"男人是惟一肯为了自尊心上断头台的动物，如果伤到他的面子，恐怕就算再爱一个女人，也受不了的。"

"嗯，"韩默反应很快，"上次'崩溃'说的那两个博士离婚的新闻里，不是说那个女方老是在男方的朋友面前嘲笑他的学术观点？恐怕这才是他们离婚的致命伤吧？"

"致命伤应该还是感情不够深。但是听老李这么说，恐怕那也是问题之一。看来做女人真是一门艺术，需要好好学习。"程曦沉思。

李言回敬了两人一个问题："那么，如果有人像小月一样，为了你的文凭追求你，你能接受吗？"

"不能！"两人异口同声。

韩默接着说："把我简单地物化成一张文凭的目的婚姻，是我绝对不能忍受的。"

"为什么男博士可以接受，而女博士不行？"李言多年和韩默相处下来，还是受了不少熏陶的，问得正在点上。

"因为对女人来说，爱情是第一位的。我们又有这个能力追求没有那么多附加条件的爱情。还有，只有够聪明的女人才知道,所谓爱情是不能掺太多杂质的。"程曦狡诈地把两人偷偷归在聪明女一类。

韩默会心一笑。

"所以，我觉得女博士比一般人更懂得爱情。"李言笑，"还记得一个女硕士以家财为标准征婚的新闻吗？我相信她比小月幸福的几率要低得多。因为她毕竟读过那么多书,有一天会醒悟的可能性太大。"

李言付了账,临走时他对程曦再次道歉：“今天那个女生太不懂事,你别介意。”

程曦笑：“我发现李言你有时候还挺事儿妈的。”

韩默捧哏：“他是男的,怎么他也只能算事儿爸呀。”

程曦异想天开："干脆以后李言你生个孩子就叫'事儿',你就是名正言顺的事儿爸了。"

李言被这两个妖女弄得哭笑不得。从此,他就多了一个"事儿爸"的外号。

在李言走后,程曦对韩默说,"我实在是很意外,像老李这种在外工作多年,红尘中打滚的人,对于人生和爱情还能抱有这么纯粹的坚持。这实在是一件让人羡慕的事情。"

"也许很多时候头脑简单就自然具有一种力量吧!"韩默感慨。

程曦不出声,笑嘻嘻地看着韩默。

韩默将这件事告诉妈妈,正为韩默的婚姻状况担心的妈妈有点郁闷。"唉,妈妈真是太笨了,怎么就没想到过用这种办法?"

韩默哈哈大笑:"我拒绝过一个海归的男博士,不是更笨?"

妈妈做五雷轰顶状:"你怎么都没说过?"

"因为不值一提啊。"

韩默的那位同学没有考上硕士,对晴川书院不合理的考研题型深恶痛绝地鞭挞了一番。程曦则接到了一个很让她高兴的电话,那天来借资料的那个勤奋女人考上了,特地打电话来谢谢她。

只可惜那位机关算尽太聪明的小月妈妈因为对博士界不够了解,还是漏算了一件事——不是所有的博士都能钞票大把的。像老杨这种立下大愿为哲学事业而奋斗终身的书呆子,恐怕只会当一个清贫的大学老师,不食人间烟火地钻研一生吧。

老牛何妨吃嫩草

不知为什么，程曦这段时间买衣服买得勤得很，所以频繁来韩默寝室蹭"美人镜"照。

今日她一进 604，便闻得一室清香。

她抽抽鼻子："江荔不在？"

"去杭州开会了。"

受小时候看的古书影响，韩默一向认为檀香是一件非常风雅而且让人静心的事情。

学校里面的宿舍楼往往以"尽一切可能给住户造成不方便"为设计宗旨，而以能让住户在住进去的头三个月骂设计者"猪头"超过一百次为合格标准。由于隔音效果太差，不在晚上十一点以后洗衣服已经变成这栋楼的潜规则，因为一家洗衣，万家水声，如同开了环绕立体声一样，效果惊人。

这栋楼的最大败笔正是每户均有的厕所：它不仅按照风水学

"十八新娘八十郎,苍苍白发对红妆。鸳鸯被里成双夜,一树梨花压海棠。"苏东坡写此诗乃是为了嘲笑好友张先干了老牛吃嫩草的"勾当"。想必他老人家万万没想到,千年后的今天,老牛吃嫩草还有反过来的时候。并且,"姐弟恋"的盛行不再仅仅局限于娱乐圈,一群为婚姻大事头痛不已的优秀女人们终于在娱乐圈绯闻的启发下找到了新的出路,并且为这一出路完成了逻辑证明:既然成熟男人所拥有的我们自己都不缺少,而年轻男孩的青春和单纯又被庸脂俗粉们丢得俯拾即是,我们又何必舍近而求远呢?

的大忌修在西南方向①;而且,因为设计者幻想可以通过一个从楼顶直通一楼的通风管道去除所有楼层厕所的异味。但是,因为这个管道神奇地没有任何能与外界沟通的窗口——造成的直接结果,是无论哪层的任何味道,都能"上穷碧落下黄泉"地通过通风口自由流窜。

所以刚住进来的时候,韩默和江荔常常在一阵阵异味的悄然来袭中狐疑地互看(当然也没人敢质问是不是对方在污染空气)。直到某天,不知来自几楼的糖醋鱼香气蔓延整个楼的X04,两人才明白错怪了对方,相对大笑。

韩默这人有点轻微洁癖,而且时常爱弄一点常被程曦嘲笑的布尔乔亚小情调,故此喜欢在寝室点香。但甲之熊掌,往往为乙之砒霜——有一天,江荔郑重其事地对韩默说,檀香让她想起公共厕

① 厕所的卦象为水,西南方为坤,其性属土,以土克水故,大凶。聊以言之,一笑。

所。

韩默吓了一跳,愧疚得很,也不敢辩解说她点的乃是昂贵的檀香,与公共厕所那种劣质的香味有所不同。从此只有在江荔不在的时候,她才敢悄悄点一支。

"老了!"程曦"花容惨淡"地对着镜子惊呼,"从前本科青春还在的时候,熬个整夜,第二天还有精神去逛街,到了晚上还能去唱歌,黑眼圈痘痘统统都没有。现在为写论文熬个小夜,怎么就弄得人不像人,鬼不像鬼。"

"哪里,"韩默优雅而冷酷地雪上加霜,"像鬼呀!"

程曦咬牙切齿地扑过来掐她的脖子,"你这个恶毒的女巫。"

韩默看也不看,随手举起一张碟,挡住程曦的禄山之爪。

程曦定睛一看,乃是赫赫有名的名片《洛丽塔》,该片改编自近代美国著名作家纳波科夫的同名作品,讲述的是一个惊世骇俗的爱情故事,一个老男人爱上了一个未成年的小女孩。这本小说被改编成电影多次,其中的 1962 年版更是以独特的黑色幽默成为毋庸置疑的人性探讨之经典——韩默手中的正是这部电影大师斯坦利·库布里克所拍,最经典也最难找的版本。

富有人文素养的博士生程曦自然下不去手。"对了,我一直很奇怪,为什么这个片子的中文译名叫《一树梨花压海棠》? 真不明白。"

韩默放下碟,曼声吟道:"十八新娘八十郎,苍苍白发对红妆。鸳鸯被里成双夜,一树梨花压海棠。"

"这个翻译是很有点古文功底的。"看看程曦一脸纯真的问号,她继续解释:"'一树梨花压海棠'典自苏东坡嘲笑他好友的调侃之作。喏,就是那个写'云破月来花弄影'的张先。据说张先在八十岁时还娶了一个十八岁的小妾。东坡就写了上面这首诗开他"老夫少妻"的玩笑。从此之后，'一树梨花压海棠'就成了'老牛吃嫩草'的委婉说法。"

"哦。"程曦恍然大悟，沉思片刻，突然大乐，"苏东坡这老小子还挺色的嘛！以前看他的词，总觉得要么是个一天到晚板着脸，忧国忧民的白胡子糟老头儿；要么是不食人间烟火上天揽月的大才子。这一下，突然觉得他可爱可亲了不少。"

"是啊，我觉得老李比杜甫可爱也是因为他会拿杨贵妃、李林甫来恶作剧，不像杜甫一天到晚装样，其实气量小的很。"韩默向来喜欢扬李白而贬杜甫。

"就是。"程曦惟恐天下不乱，"自己家的屋顶没有搭好，被吹坏了，小孩子不懂事拿来玩，居然没有气量到要写首诗来诅咒小孩。最后自己不好意思了，还要往上拉到'忧天下'的高度。"

"而且，他可算是中国历史上死的最不优雅最丢份的诗人了。"

"什么？什么？"程曦还不知道，"我只知道传说李白是喝醉了，想揽水中的月亮，蹈水而死。到底是诗仙，死得也这么唯美，这么传奇。"她一脸心向往之的神情。

"唉，传说老杜他是碰到了天灾，全家人一起饿了很多天。结果碰到一个县的县令，是他的崇拜者，就请他吃了卤牛肉和酒什么的。他没留给家人，一个人吃独食，结果因为饿得太久，清淡惯了的肠胃突然碰到大油受不了，连拉几天肚子，就这么死了。"①韩默反正不是学历史的，对传说的真实性不用考究。

程曦听得啧啧称奇，对着遥远的历史长河比了个《河东狮吼》

---

① "甫……因客耒阳，游岳祠，大水暴至，涉旬不得食，县令具舟迎之，乃得还，为设牛炙白酒，大醉，一昔卒，年五十九。"——（元）辛文房《唐才子传·卷二》。

中"我鄙视你"的手势。

老杜黄泉有知，必然被这两个小妖女气活过来。

"哦，"程曦突然想起来了，"82岁的杨振宁娶28岁的硕士不就正是'一树梨花压海棠'？"

"什么？"韩默还对这个消息茫然不知。

程曦拨开韩默，到电脑上打了几个字，搜索一下，居然搜索出10,500条信息，"喏，看吧。"

韩默念道："82岁的世界著名物理学家、首获诺贝尔奖的华人杨振宁教授与28岁的潮汕女子翁帆硕士订婚。"

网页上的评论铺天盖地，负面的评论是有的，但祝福的还是占了大多数。有一句评论是这样说的："爱可以超越年龄，科学的理性与科学家的感性是并行不悖的，科学家也有常人的爱——从这个角度看，一个充满感性的杨振宁比纯粹学术意义的杨振宁更让人尊敬，因为我们从感性的他身上触摸到了人性的温度。"两人都觉得这条写得不错，大加表扬。

"你还没听到'崩溃'的论证呢：'因为硕士都只能和80岁的结婚了，所以我们博士只得嫁百岁人瑞。又因为，全世界平均寿命最长的城市是日本的冲绳。所以，博士们都应该嫁到日本冲绳。因为我不愿嫁日本人，所以我嫁不出去。证毕。'我猜她老板听了这种浑蛋逻辑非给气昏过去。"

韩默听得一边笑，一边摇头。

"但是我当场就斥责她犯了严重的男尊女卑的观念性错误，杨振宁是老牛，难道我们就不能算吗？我们这些有思想有学历的新女性，为什么一定要在食物链的底端冒充嫩草？我们应该当牛，玩姐弟恋吃嫩草！对我们这些将来一定会有经济实力，不用为饭票嫁人的女博士来说，我们完全有能力和权力把爱情当作恋爱的惟一而且必要条件，所以年龄不是问题，身高没有距离，地位不用考虑。听得'崩溃'对我直说敬佩。"程曦好不容易让爱好辩论而且长于辩论的"崩溃"心悦诚服一次，得意得很，嘿嘿直乐。

"其实你说的有道理。我看过美国一个医学组织的研究报告，很有意思。它认为从生理上说，最好的男女搭配方式就是老牛吃嫩草型，因为当女方年龄小的时候，心理和生理都需要比较温柔的呵护，成熟的男人当然在这方面要好些。但是当女人年龄到一定程度，心理上解放了，生理上的需求也增加了，年纪小的男生就比较适合。"韩默的记忆力一向很好。

"按这个报告的说法，女人年轻的时候嫁一个中老年男士，等到丈夫去世，自己正好中年，再去嫁小男生。嫩草长成老牛，老牛再吃嫩草，嫩草再变老牛，如此生生不息，循环不已……"程曦不愧是学哲学的，立刻得出了一个充满幽默的推论。

说到"姐弟恋"，韩默突然想起来一件大事。

"小季师姐要结婚了。刚打了电话，找我做伴娘。"

程曦一边眉毛戏剧性地高高扬起，"我们的小季师姐？"

小季比她们高两届，是读中文的，所以严格说来只能算是韩默的师姐。但因为在 04 级女博士生里面人缘奇好，大家提到她时，往往会在前面加上"我们的"以示尊敬和亲密。

"除了她还会有谁？"

"她家里人终于不反对了？"

小季师姐读硕士的时候，爱上了一个读大专的男生，一直坚持到博士。但她家里因为两人学历相差太大，而且男方年龄又比女方小，坚决反对。这几年，两个人爱得很苦，算是现代版的罗密欧与朱丽叶。

"反对啊，怎么不反对。听说她家人都不打算出席婚礼。"

"不至于吧，总是自己的女儿啊。"

"怎么不至于，他们去年甚至一度断了小季师姐的经济来源。你没见小季师姐那段时间代多少课？"

"那个男生呢？"

"他也舍不得小季师姐辛苦。他虽然比小季师姐小，但思想还蛮成熟的，比一般年纪大的男人还顾家。我看他那么拼命工作都觉得师姐跟他不冤。"

保持"姐弟恋"和谐的条件之一，就是两人的思想水平要匹配。

"可是他家经济条件不好，所以他一个人赚的钱不够两个人花。"

"我倒挺佩服小季师姐的，一个人能为爱情坚持成这样，真不容易。"程曦对于浪漫的爱情故事都是很向往的。

"你也要为她家人想想，好不容易供女儿读到了博士，而且相貌人品都不差，当然满心希望能找到个好人家，结果莫名其妙落到一个连本科都没上的穷小子手里，谁心理会平衡？"刚刚进来找程曦的"崩溃"插了一句，"说真的，我觉得我就做不到接受那个穷小子。"

一时，三个女博默默想像如果小季师姐是自己的女儿，只觉得家长们的心酸不是没有道理的。

"对了，是哪天？我也想去看师姐出嫁。"程曦是最先恢复过来的。

"下周五下午。"

"天啊,我周五那天全天有课,而且是老板①的,还正好轮到我发言,逃不了啊。"程曦郁闷,"'崩溃',我们凑钱,明天给小季师姐挑个好礼物,那天你代表我出席吧。"

"行。"

"崩溃"知道,不是真的迫不得已,程曦绝不会放过这个看美丽的小季师姐当新娘子的机会。

"对了,还有一件事。你记得那个到我寝室问老徐考博事项的女人吗?她前不久给我打了电话,说她考上了博士以后,周围议论纷纷。她丈夫说跟她在一起压力太大,要跟她离婚。"

这种怪事情只有在女博士里面才可能发生,女博士们都有点震撼。

正在此时,突然听到一个浑厚的男声在门口响起,"师姐,赵师姐。"

韩默跟着程曦喊老赵"崩溃"喊惯了,一时反应不过来这个尊称是叫谁。

"哎!"

"崩溃"忙答应一声,一脸苦相地说,"是我那个师弟,我约了他今天过来,再给他看看论文。我先过去了,程曦你明早把钱给我。"拔腿走了。

程曦没空答应她,她正看着窗外的什么看得来劲,"嘿,韩默。我刚从你们窗口看见那个'聪明绝顶'的家伙又来了。"

韩默倒抽一口冷气,"我的妈啊,江荔现在不在啊!"一会儿,

---

① 不知从何时开始,中国很多大学的研究生们大都习惯于昵称自己的导师为"老板",以示亲切。

一个看来年龄已然"奔4"的半秃男人拎着一大兜水果进了门。

韩默礼貌地对他笑笑："你来了？江荔不在，她到外地开会去了。"

"哦，谢谢！"那个男人明显失望得很，想了想，把水果递过来，"对了，这个就请你们吃吧。"

人情应酬中的推来挡去向来不是韩默的强项，她就接下来了。

"再见。"男人走了，临走还回头笑了笑，"水果我都已经认真洗过几遍了，可以直接吃。"

程曦目送他远去，突然说："我现在还真有点被他感动呢。"

"不可能，他离江荔的理想实在太远了。虽然年纪不算太大，可是长得太老也太丑了。江荔这么个大美女跟他一起出去的话，形象差距那么大，旁边人肯定都以为是他的二奶。江荔这种把面子看得比什么都重要的人，怎么可能接受得了他。"

很多女人都把自信建立在所能征服的男人的数量上面，聪明一点的可能还会包括所征服男人的质量。就算不恋爱，手里有那么两三个"风筝"，收收放放之间也能获得不少心理平衡。

不知是有意还是无意，江荔经常对陌生的男人表现出一些若有若无的好感。

男人会不会追一个女人，很多时候不仅仅是看这个女人够不够好，还要看这个女人好不好追。所以她隔一段时间就有人一阵追求，收到一堆礼物。而她的聪明在于不会真昏了头，分寸把握得刚刚好：鱼饵是吃的，鱼钩是肯定不吞的。行情之好，让身边大批愁嫁的女博羡慕得很：若能跟她偷学一两招散手，必然受益无穷。可惜韩默这家伙聪明面孔笨肚肠，学而不会，挨了不少想从她那儿盗版偷学的人士的痛骂。

前不久，江荔出外开会的时候认识了这位同一专业的在职博士,不知怎么两人就成了朋友。回来后,男士打电话问安。可能是江荔热情的回应给了他信心,不久男士本尊就亲征 A 市探望。这种事对女人可真是够有面子的,江荔起初自然对他态度极好。但几次之后,多少有点不耐烦,于是有意拉远距离,态度也日渐疏离。不料这一回她踢到了铁板,从前的招数都不管用。这头"老牛"下定决心吃定了江荔这棵"嫩草"。他继续不依不饶地每周来访,别人是不撞南墙不回头,他是撞了南墙也不回头,直到如今。

后来,女博们才知道:他是个白手起家的农民企业家,成功靠的就是一股子韧劲。他一直想读书却没有机会上大学,有了点资产,就用赞助或者别的什么方式找了个小大学弄了个硕士文凭,还嫌不够,想接着弄个博士,但毕竟不是靠自己读上来的,到底心虚,底气不足。江荔这个漂亮的名牌大学正牌女博士,对他而言正是自己所有梦想的集合,居然还对自己垂青,那还不发扬一不怕苦二不怕死的精神奋勇拼搏?

"可是,如果有人能坚持这样几个月,每周从广州那么远的地方来看我,不管我怎么唾弃他,都对我这么好,说不定我真会感动的。"程曦似有所感。

"幸好他追的不是你。"韩默对程曦这种站着说话不腰疼的人气愤得很,"别说江荔,我都快被他逼疯了。每周一次,每次一整天,从不缺席。不管江荔怎么软硬兼施、冷嘲热讽、威逼利诱,他都满脸笑容、坚持不懈地坐在边上傻傻地看着江荔。知不知道江荔为什么去开这个会? 有一半就是被他逼的。"

"另一半呢? "

"被老板逼的啊,笨! "韩默给了程曦脑门一个栗暴。

"嘿嘿,有我爱吃的苹果。"程曦一只手揉着脑门,一只手抓起一个红通通的大苹果。

"你这个人知不知道气节两个字怎么写啊。"韩默汗～

"不知道啊,只会用电脑键盘打。俺早就无纸化办公了。"跟哲学系的人吵架最大的痛苦,是她的思维方式永远有办法比你棋高一着。

听说,小季师姐结婚的那天,她的父母亲还是去了,只是一直沉着脸。等到小季师姐敬酒的时候,二老突然抱住师姐痛哭了起来。最后,师姐的老父用颤抖的手把师姐的手放在了那个小男生的掌心。

没有去成的程曦,听得心驰神往。

韩默却很郁闷,在婚礼上,有人告诉她一个女生如果当过三次伴娘就嫁不出去了。而她这次正好是第三次当伴娘。

接下来的一周,这层楼所经历之风云变幻可谓是超出想像。因为,最稳重最成熟的"崩溃"爆出了迄今为止,本楼本届女博最具娱乐性和轰动性的绯闻。

"你再想想,这里是不是前后没有必然的逻辑联系,还要再加几句?""崩溃"谆谆善诱……

"崩溃"这几周来都被这个宝贝师弟的论文烦得要死。

这男孩个子高,长得也不赖,可就是不知怎么反应有点慢。

她甚至怀疑这家伙是不是动过开颅手术,把大脑拿出来换了块花岗岩进去。他的学习态度倒是显得端正得很，一边听师姐的教诲一边频频点头。可是过几天论文再拿来一看，说过要改的地方要不还是原封不动，要不就是改得离题万里。

估计她导师也是绝望了，才把他转丢到"崩溃"的手里。但老板交代的任务，"崩溃"自然不敢怠慢，结果只好隔两天就把他叫过来，一点点地帮他改，这一个月的大部分时间都葬送在这个大男孩的手里了。

但是今天这个男孩明显不在状态，连认真学习的姿态都摆不出来。他目光没有焦点地望着空中，完全没有把老赵的话听进耳朵里。

老赵是何等英明神武的人物，立刻看出这孩子有心事。

前面说过，老赵是一个不漂亮但是个性极其幽默可爱善良招人喜欢的女博士。而且，也许是因为她的年纪是 615 俱乐部成员里面最大的，所以特别成熟懂事，善解人意。

老赵索性把电脑关了，给他倒了杯水。

男生这才反应过来，茫然地看着老赵。

老赵笑笑，"琴弦崩太紧也会断的，学习再怎么样也没有人重要，放松一下心情吧。"

也许有时候温柔的关心比任何话语都有力量，男生低下头，眼圈慢慢地红了，又忍了回去。

他慢慢地告诉老赵，自己是贫困生，好不容易考上晴川书院的研究生。但是却因为家庭出身被寝室的同学歧视，让他很受不了，所以没有心思学习，并且用了两个小时详细地描述了几个他认为非常有代表性的例子。

老赵耐下性子听完那几个鸡毛蒜皮的论据，问了三句话：

"你说他们出去吃饭，回来给你吃剩菜，侮辱你？那他们自己平时吃不吃打包回来的菜？"

"你说他们出去吃饭，不叫你，排挤你，那么他们是从一开始就不叫你，还是开始叫了你几次，你都不去，他们才不叫你的？"

"你说他们不跟你说话，孤立你。那么他们是从刚入学的时候就一直这样，还是开始的时候跟你说话，但你不太回答他们，后来才慢慢不跟你说了？"

男孩被问得呆住了。

"你觉得一个成熟的人，会因为别人的出身而不是人品来歧视另一个人吗？"

"如果是一个不懂事的人，他的看法似乎也不值得我们在意，是不是？"

那个男生大概从来没有从这个角度看过，认真地想着，脸色渐渐亮了。

老赵不失时机，轻轻地问了一句："你说会不会有另一种可能？谁也没歧视你，是你自己太敏感了呢？"

"就算他们真的有什么看法，你的人生这么长，跟他们不过只有两三年的交集，两三年与人的一生比起来，并不太长，是不是？"

那男生有点呆："师姐，你怎么会……"

"因为我以前和你一模一样都是贫困生。我甚至比你更自卑，因为我太不漂亮。"老赵能坦然说出自己介意十几年的事情，可见是真不在意了。

男孩子总是容易激动的，"不，你很漂亮，你的心灵很美。"

老赵陡然听到这种十几年前革命电影式的老台词，一下子有点消受不了，但又觉得接受不了新一代乃是老化的标志，赶紧摆出同伴的姿态安慰他："没什么，我觉得是事实，没什么不可接受的。"

那男孩走后，"崩溃"跑到程曦寝室对程曦说："我今天和那个具有疑似轻微艾斯伯格症①表现的男生谈了谈心，我想能对他有所帮助。"她很得意，觉得帮助了一个好孩子。

出于对于一个有与自己相似经历的人的同情，老赵甚至自己帮他把那篇论文改好了，交给老师。

但是，麻烦事出乎意料地来了。

那个男生倾诉了心事，得到了解脱，连学习上的问题也被这个并不太熟的师姐解决了。他发现在自己短暂的人生经历中还从来没有遇见过这么"英明神武"的女人，自然而然地开始崇拜"崩溃"。

他隔三差五地出现在老赵寝室，向老赵请教各种学习和生活中碰到的问题，并且用充满崇拜的眼神专注地看着老赵忙东忙西，看上一两个小时。看来老赵要是有这个心，估计随便就能让他"发乎情"，但偏偏他不是老赵喜欢的类型，所以老赵只好用各种方式暗示他"止乎礼"。

女博士找对象最大的问题不是文凭，而是交际圈太窄，根本认识不了几个合适的男人。这一下一个陌生而且外貌不错的小男生这么频繁地出现在博士楼六楼，怎么着也会引起别人的注意，何况是"崩溃"这种人际关系颇好，常常有人去找她聊天的。

谣言于是四起……

连男博士们都知道"崩溃"征服了一个英俊的研一男孩的心。

楼上的老徐也被惊动了，特地屈尊下楼一次，向韩默询问事情的始末。并且对于"崩溃"这么一个远不如自己漂亮的女人居然能吸引到不错的男生这件事，表示了含蓄的疑问和对男人们眼光的不满。

---

① 自闭症的一种，又称高功能自闭症，患者对数理、音乐及某种科技研究很有天分，有时会表现出某些特殊才能，但是在社交、人际关系上问题重重，这类病症的患者不会像一般自闭症患者那样喜欢孤独，沉默寡言，他们会融入社会，但是却对基本的社交礼节一窍不通，完全不懂社会常识。

这种事是越分辩传得越凶的,所以"崩溃"什么都不能说,只能有冤无处诉地郁闷着,憋得"崩溃"把满腔不能发作的怒火变成了几首慷慨激昂、充满斗志的现代诗,把几个颇有诗名的男博都看得一愣一愣的。

英国诗人艾略特曾说过,诗是个性的逃避,非个性的表现。

韩默和程曦都劝她:"索性就把他弄成男朋友算了,何必白担了这个名。"

读博士的女人怎么着都有二十六七,如果下定决心只找年龄比自己大的,就只能找快三十的。中国男人喜欢先成家后立业,到了三十还没娶的好男人实在没剩几个。这一下子择偶圈就缩了一大截,吃亏得很。

"崩溃"仰天长叹:"我倒想啊,可是他太不成熟了,我的母性不够。看着一双那么纯真的眼睛,我就觉着自己是在残害祖国的幼苗,实在下不了这个手啊!"

三人相对大笑,得出了一个结论:"老牛可以吃嫩草,但是除非你是一只充满了母性的老牛,否则还是吃一把思想差距不要太大的嫩草比较好。"

一段时间之后,男孩子谈了女朋友,来得少了。"崩溃"的绯闻烟消云散,除了时常出离愤怒的老徐,再也没人记得。

"崩溃"在众人的关注中生活了一段时间,突然寂寞下来,多少有点不适应。

程曦调侃,"知道过气艺人的心酸了?"

"崩溃"看着空荡荡的门口,露出了"十年一觉扬州梦"的惆怅神情……

尚卢高达说得好:"一个女人是一个女人。"

　　无论如何自欺，相貌还是在男女交往中占尽优势，就像书的内容再好，总要有个吸引人的封面，大家才肯拿起来读。"崩溃"若拿了她的善良、开朗、睿智换了这么一副皮囊，恋爱的机会必然大增。只不过失去了头脑，失恋的机会同样也会大增。

——彩云雨田　题绘

昭君出塞　有女和番

晴川书院是一个以风景秀丽而闻名全国的学府，它就像一个随着季节交替而变换容颜的魔幻花园，春有繁花似锦，夏有绿阴如盖，秋日枫红胜血，冬寒苍松翠柏自逍遥。但它最动人的景致无疑还在春天。

老校友们说得好："如果没有看过晴川书院的春天，就不能了解晴川书院的美丽。"

今年的春天依旧来得轰轰烈烈。

不过几天没出门，韩默惊讶地发现整个晴川书院已经突如其来地被花海所淹没，远观云蒸霞蔚，近看满树繁花，落英缤纷，无风自坠。而那些极富中国色彩的飞檐斗拱偶尔探出一点头来，更添一分历史的味道。

在晴川书院读书之后，韩默才真正明白什么叫"良辰美景"①。

---

① 据说春季时晴川书院一天的游客人数多达十万，甚至影响到了正常的教学和生活。这种盛况，在中国的大学里也是少见的。

从理论上讲，"和番"的确是女博们的绝好选择：老外没有男尊女卑思想，不会对女朋友的博士学历耿耿于怀；老外没有可笑的处女情结，即使是对于有过去的女人也不会心中嘀咕；老外喜欢把爱情挂在嘴上，还懂得弄点浪漫，很能迎合高知女性讲求情调的需求……另一方面，可能性也不是没有的：女博们一般英语都好，语言这一关首先就过了；女博理性，对于不同国家的文化差异比较能够理解和宽容；女博有学识有内涵，对于那些仰慕我大中华文化的洋鬼子的确颇有吸引力。

她怀着极其愉悦的心情去找程曦赏花。不料 615 俱乐部人人都在，独缺程曦，韩默便问"崩溃"："程曦呢？"

"还书去了。"

说曹操，曹操到。门边一响，进来的可不就是她。

看这小子今天满面春风，好不得意，韩默立刻凑趣地问了一句："今日何喜之有？"

"嘿嘿，大振国威！今天我凶残地毒害了一个逻辑混乱的外国鬼子。"

原来，程曦在路上被一黑人搭讪，想多个外国朋友练练外语也不错，倒也有问有答（为叙述方便，直接把他们的对话翻成中文了）。

那老美问她，"你是学什么的？"

她笼统地回答："中国传统文化。"

不想这老美对中国还略有了解，疑惑地问了一句："中国传统文化很多，你是学哪个方面的？"

程曦骄傲地答曰："佛学。"

"No，No，释迦牟尼是印度的。"老外大摇其头，"佛学不是中国传统文化，它是印度传来的。"

程曦一听，怒从心头起，恶向胆边生。这句话一边触犯她的专业，一边触犯她的爱国情操。

自两汉时期传入以来，佛教与中国传统文化中最璀璨的部分一直都有着千丝万缕的联系，连许多日常生活用语和成语，什么"当头棒喝"、"天花乱坠"、"随机应变"、"不知不觉"、"现身说法"等等都来自佛教典故①。

这老黑居然一句话把《西游记》、《红楼梦》、《西厢记》、苏东坡、国粹京剧，乃至她从小热爱的写"长亭外，古道边"的李叔同②……通通踢出中国文化圈，这就像有人娶了一房贤惠媳妇，生儿育女，几代之后枝繁叶茂，结果居然有人说这媳妇本不是这家的人，所以要把她的孩子都要赶将出去一样荒谬绝伦，这不就等于让这个家绝了后？

一时程曦爱国情操大盛——几千年中国历史熏陶下的博士生发飙，乖乖隆得咚，哪是只有五百年历史的美国小鬼子招架得了的。

她眼珠一转，计上心来，反问了一句："是不是外面传来的，就不能算本国文化？"

"当然！"

---

① "自从东汉初年佛教传入，经历了两千年的岁月，它已经渗透到中国社会各个领域，并产生了广泛的影响。举个例子来说，语言是一种最普遍最直接的文化因素，我们日常生活中就有很多用语，来源于佛教。比如：世界、如实、实际、平等、现行、刹那、相对、绝对、清规戒律、一针见血、打成一片等等词语都是来自佛教的语汇……如果我们要完全撇开佛教文化的话，恐怕连话也说不周全了。"——赵朴初。

② 我国近代新文化运动早期的活动家，中年出家后成为佛教律宗有名的高僧，法名弘一大师，后被尊为律宗第十一世祖师。

"哦,基督教是美国文化里很重要的一部分吧?"

纯朴的美国人完全没有意识到这句话后面的危险,骄傲地挺挺胸,"当然,我就是基督徒。"

"那么,"程曦有些阴险地狞笑一声:"耶稣是哪里人?"

《圣经》记载耶稣出生于伯利恒,此地坐落于今耶路撒冷,离美国差了十万八千里。

那黑哥们当时就傻了,喃喃地自言自语:"基督教不是美国文化? 不对,不对呀……"

程曦说得快活,韩默听得高兴,伸掌出来,与程曦凌空一击。

看着沉浸在民族气节里的程曦,韩默促狭地点了一句:"你有没有意识到,你的爱国主义可能让你失去了一次和番的机会?"

程曦回过味来,做慷慨激昂状:"为了民族气节,我就把当昭君的机会牺牲了吧。"

"崩溃"满脸愤慨地把书往桌上一顿,"小子,找打啊你? 你还反了不成? 我都快忘了男人长什么样了,你还在资源浪费? 太没天理了,我们想嫁中国人都还难呢。这真是有人撑死,有人饿死啊。"

此言一出,立刻把程曦放到了大家的对立面,众皆忿怒……

程曦赶紧识相地说:"哥们我漂洋过海在国外发了篇文章,拿了笔洋稿费,今天中午我请客。"

天下最好吃的莫过于免费的午餐,大家立刻忘了阶级仇恨,一阵欢呼。

程曦是"送公明"的个性,加上常常发表点小文章,口语又极好,打工就容易些,经济方面算是众人里中上的。难得的是又舍得拿了来请客,故此常常呼朋引伴地吃上一顿。所幸学校的小餐馆价格极低,也花不到太多去。

于是乎,一群人浩浩荡荡地下楼,直奔本地赫赫有名的"万国俱乐部"去也。

这小馆子不但具有一切学校附近餐馆价廉而物不美的特质，而且地方窄小，地板油腻，厨师不思进取。然而，因为有学校食堂大公无私地牺牲小我作为衬托，且其离宿舍近，价格也着实便宜，还是很受学生们的爱戴。

"万国俱乐部"乃是韩默为它取的诨名。因为留学生宿舍近在咫尺，所以此处也是留学生们的常来之地。故此可以边吃边观赏各国各民族的种族特点，观赏范围从深眼窝蓝眼睛的欧罗巴人种到塌鼻子的尼格鲁人种①，从不知相貌是真是假的韩国美女②到高鼻梁大眼睛的西亚帅哥。而且外国人着装风格大胆，即便看看，也实为赏心悦目之乐事。

这段时间游客太盛，居然下午一点多还没有大桌子。一群人只得挤在一张小桌子上，坐得插手插脚，让人立刻感叹计划生育的深谋远虑与势在必行。

实在太挤。左撇子的韩默动了几下筷子，手就和坐她左边的右撇子程曦纠缠在一起，竟成了饮交杯酒的姿势。

两人不由相视一笑。

韩默突然道："我原来读到过一本琼瑶小说。"

桌上很有几个以小资自居的立刻露出鄙夷的神气。

韩默视若无睹地继续说下去，"读到一首古诗，说的就是我们今天这种情况，有点意思。你们听听：

---

① 多数人类学家现在将全世界人类分作蒙古人种(黄色人种)、欧罗巴人种(白色人种)和尼格鲁人种(又称尼格罗——澳大利亚人种或赤道人种，即黑色人种)。

② 韩国整容成风，据说起码有一半的女人做过整容手术。在韩国割双眼皮、隆鼻都不能算手术，至多算美容。而磨下巴、抽肋骨这样"大动干戈"的手术，才算是整容。

华堂今日盛宴开，不料群公个个来。
上菜碗从头上落，提壶酒向耳边筛。
可怜矮子无长箸，最恨肥人占半台。
门外忽闻车又至，主人移坐一旁陪。

一桌人你看看我，我看看你，爆发出一阵大笑。

旁边那桌可怜的外国友人们连听懂日常用语都不容易，看韩默叽里咕噜地念了一串什么，就把满桌人逗得前仰后合，在旁边纳闷得很。

但其中有个金发碧眼的居然听懂了，忍不住跟着一笑。

韩默没想到居然有对中国文化这么熟悉、能听得懂诗的留学生，不禁对他多看了一眼。

那桌人买单的时候，那洋鬼子走到韩默身边，用一口纯正的京片子对她说："你好，我觉得你对中国文化有很深的了解，想和你做个朋友，请问我能知道你的电话吗？"

满桌寂静之中，韩默把自己的电话给了他。

"崩溃"悄悄对程曦说："我知道韩默的魅力大，可是这样隔桌打牛都行也太牛了吧。受不了。"

程曦乐开怀曰："瘦不了你就胖着吧。"

"崩溃"一声哀嚎："你刺中了我的痛处。"夹起一筷子糖醋里脊，大口咀嚼，以吃泄愤。

韩默睁大双眼："他只是仰慕中国文化，想交个朋友。'崩溃'你何必如此？"

"崩溃"悲哀地说："从读博士以来，我都已经很久没见过男人了，荷尔蒙失调啊！"

满桌倾倒。

不过从理论上讲,"和番"的确是女博们的绝好选择:老外没有男尊女卑思想,不会对女朋友的博士学历耿耿于怀;老外没有可笑的处女情结,即使是对于有过去的女人也不会心中嘀咕;老外喜欢把爱情挂在嘴上,还懂得弄点浪漫,很能迎合高知女性讲求情调的需求……

另一方面,可能性也不是没有的:女博们一般英语都好,语言这一关首先就过了;女博理性,对于不同国家的文化差异比较能够理解和宽容;女博有学识有内涵,对于那些仰慕我大中华文化的洋鬼子的确颇有吸引力。

横竖女博士不管嫁个什么人,男士身边都有人嚼舌头。倒不如索性找个老外,免了那些七大姑八大姨的热心亲戚嚼舌根。

程曦刚从"崩溃"筷子底下硬抢了一大块啤酒鸭,得意得不得了。又想聊这个话题,一边嚼一边含糊不清地嘀咕着"#¥%＊%&"。又要吃又要说,险些呛到。

"大娘"是个厚道人,笑着帮她拍背,又把水给她:"可别真噎到了。"

程曦看看大家都没听懂,急得用手连指小侯,嗯嗯啊啊。

小侯只得顺着刚才的话题想下去,恍然大悟:"程曦你是不是要说,我昨天跟你说的,二楼那个'不穿裤子的女人'的事情?"

程曦大点其头,方才专心吃她的鸭子。

"不穿裤子的女人"这个外号是从男博士嘴里传出来的,因为她一年四季都穿裙子,从来没有人见她穿过长裤,故而得名。因为此人感情生活实在精彩,所以满楼的女博们对她的言行都比较关心。

小侯和她都是商学院的，经常会有点内幕消息传过来。女博八卦起来也跟一般女人一样。

"她怎么了？"

"结婚了！嫁了个日本人。"小侯言简意赅。

"她怎么可以做这么没有民族气节的事情！""崩溃"平日最具民族立场，当下大怒。

程曦的头点得差点断掉。

算算时间，这几届的博士生都是从小看着《地道战》、《地雷战》、《小兵张嘎》、《南京大屠杀》、《黑太阳》长大的，对小日本有好感并不太多。不过研究生多半是"讷于言而敏于行"的，就像程曦从来不用很激烈的态度来反日，但很早就已经停止购买日货了。

"大娘"是什么时候都替别人着想的："唉呀，要是爱上了，还不是没办法。还是爱情第一吧。"

"我奇怪的，倒是她怎么能认识到外国男人，我们认识中国男人都很难了。"

女博士们嫁不出去的最大原因不是文凭，而是根本没有机会认识异性。一般女博士的交际圈都很窄，每天就是上课，吃饭，连能交流的异性都见不到几个。萧伯纳说一个人至少有两万个适合的人生伴侣①，可是依女博的生活圈子恐怕连一个理想伴侣都很难碰到。

"怎么认识？韩默不是刚示范过了？""崩溃"拿韩默开玩笑。

---

① "此时此刻在地球上，约有两万个人适合当你的人生伴侣，就看你先遇到哪一个，如果在第二个理想伴侣出现之前，你已经跟前一个人发展出相知相惜、互相信赖的深层关系，那后者就会变成你的好朋友，但是若你跟前一个人没有培养出深层关系，感情就容易动摇、变心直到你与这些理想伴侣候选人的其中一位拥有稳固的深情，才是幸福的开始，漂泊的结束。"——萧伯纳。

被揶揄的韩默只能苦笑。

洋人的动作很快。第二天,韩默就接到了他的电话。他说自己初到晴川书院,想要韩默给他当当导游。

程曦大乐:"这种烂借口,也亏他好意思用,他不能找他的外国朋友啊。"

"可是我不想去啊,洋人有什么了不起的,还要博士当导游。"韩默刚说不想去,就看见一片绿幽幽的眼神,"你们别这样,看得我心里发毛。"

"去!为兄弟们探探路,要是这条洋道走得通,我们也好跟上。""崩溃"露出了阴险的笑容。

于是,韩默这个向来低调的人在众多女博的关注之下,被迫外出会友。

几个小时以后,韩默回来了。

"怎么样?""大娘"这种死心塌地和男朋友在一起的,对这个问题感兴趣纯属白开心。

"不怎么样。"韩默看来有点累,"我中间走热了,买了瓶水。但不好意思自己一个人喝,就给他买了一瓶,他就赶紧接过去。但是到下午吃完饭结账的时候,他告诉我要 Go Dutch①。我就说好。"

"啊,也太没品了吧。他是主动要求你当导游的,而且男女生一起出去,男生要付钱是常识啊。"小侯很惊讶。

"可是在外国好像是除了男女朋友,都是 AA 制的吧?"

"不是的。"韩默这种英文系出身的,对国外的习俗并不陌生,"一般外国人吃饭是各自付账没错,但是如果男方要追女方都是会

---

① 即约会或郊游时各付各的钱,平摊费用。

出乎常人的意料,博士楼里的脑力劳动者们热爱的不是什么斯基的小说或者乐曲,而是八卦新闻,女博圈中常常有这样的对话:"最近娱乐圈怎么这么平静啊?""就是,我都觉得人生没有乐趣了。"

——彩云雨田　题绘

请客的,而且像今天是他请我当导游,按西方的礼仪他也该请。所以这件事应该是想表明他对我没兴趣而已。"

听了韩默的分析,大家多少有点扫兴。

可是第二天,那老外又约韩默了。

韩默觉得既然是大家摆明了要当朋友,反而坦荡荡地去了。

但这回,这老外居然主动提出自己请客,并且借着文化差异的大好理由,搭肩勾背。

韩默不露声色地避开,找个借口就直接回来了。

她看得透彻:"这老外在中国待久了,中外两边的奸都学全了。头一天他是想考验我是不是在乎钱。"

"那你有没有不高兴?"

"没有啊,我只能说文化差异这种东西,不是光待在中国足够长的时间就能跨越得了的。我倒是觉得,为了找个不在乎文凭的人,就去挑战文化差异,实在是件为躲狼入虎穴的事情。可惜,我本来以为他真的是要交朋友,想多个朋友而已,谁知道他还是要追女生。"韩默叹气。

凡事都是有得有失,找个老外,虽然文凭方面是没那么多介意的,可是又有文化差异要克服。

"那你怎么办?"

"不怎么办,我觉得一定要很相爱,才能跨越文化差异的鸿沟。可是我这么没有安全感的人很难去爱一个所有的背景对我来说都是空白的男人。"韩默笑。

"也是,而且我觉得跨国婚姻太没有安全感,万一他在洛杉矶的家里都已经有老婆孩子一大堆怎么办?"

正在这时,一阵细碎的跑步声传了进来。"听说了么?长发飘师兄让人给打了!""大娘"这么好脾气的人都白了脸。

程曦跳将起来，"什么？"

长发飘师兄是坚定的爱国人士，每年的春季都会向游人发送自费印刷的爱国传单。这也是这位师兄广受学弟学妹尊重的原因之一。

但这次，他居然碰上了一个不长眼的新来保安，把他当成流窜民工施以老拳，再次验证"秀才遇到兵，有理说不清"的正确性。

文化不高的保安打博士，而且打的还是一个充满了民族感情的被人尊重的博士——这一下子全校学生都陷入了激愤之中。

这几天，BBS 上群情激昂，连续几天的十大热帖都与之相关。

那位嫁了日本人的"不穿裤子的女人"，在这风口浪尖上更加地被男博士中的少数愤青们鄙视。按最激烈的"崩溃"的说法，就算她一辈子嫁不出去，也不能做出"嫁日本人"这种丧权辱国的行为。

听说她的先生前段时间回国了，她一个人留守。面对整个学校的激昂气氛，她多少有点惴惴。女博同情心重，反应也没有那么激烈。小侯还特地去陪了陪心神不宁的她。在一片汹涌的爱国热情之下，韩默自然也被"崩溃"放过，不用再"奉旨与洋人外交"了。

不几天，韩默又接到了一个当导游的任务："事儿爸"李言给程曦打了电话，说他和小钱要来晴川书院赏花，要求韩默和程曦接待。两只"地头蛇"义气地答应了。

第二天，两人提前十五分钟就到了约定的地方，李言他们还没有到。

守时是女人成熟的标志之一。与男友见面可以矜持一点，略晚上五分八分的，可是如果是和男性朋友见面，人家没必要为你浪费时间。

一个看来不过大一的女孩也在边上等人。年轻人好活力，坐不住，活蹦乱跳。

一只白色的猫从花坛中钻出来，伸了个大懒腰。那女孩一看，立刻给它起了个名字："小白，小白！"那猫第二个懒腰才刚伸到一半，吓了一跳，浑身毛连尾巴都根根炸起，狂奔而去。正巧一只黑色小狗路过，这女生一以贯之，兴奋地喊："小黑，小黑！"小狗突然被冠以这种俗名，似乎非常不愉快，飞速逃离现场。

此时，那女孩等的人到了，居然是一穿花T恤的洋人，老远就展开了灿烂笑容。女孩子想了一想，大呼曰："小花，小花！"韩默和程曦都忍俊不禁。

"笑什么呢？"李言突然出现，从口袋里变魔术般地拿出一个盒子。

韩默接过来一看，笑逐颜开："亏你找得到。"

"你大小姐说话，我哪里敢怠慢。巧得很，这次我去广州出差，正好在一家店里看见了。"李言得意得很。他当然不会说自己为了这张罕见的CD找了快一年，问遍了所有到过的音像店。

跟在后面的小钱笑眯眯地拎着一袋零食，换来了女士们的一阵欢呼。

韩默和李言老友相见，自有说不完的话，程曦自然就把接待小钱的任务接了下来。

半个小时之后，小钱开始领悟到，找女博士给自己当导游实在是件千载难逢的幸运事。

晴川书院闻名的除了满山花海，还有它历史悠久的老建筑。两人带他们到了晴川书院著名的老建筑群。

这两个满怀学术精神精研过晴川书院建筑的女人，把许多普通人不可能知道的细节一一指出。小钱也不是第一次到晴川书院，

可是这一次碰到两个满腹经纶又对学校满怀热爱的导
游，才发现原来旅游的质量实在有高低之分（天底下热
爱自己学校的学生当然不少，但是恐怕除了博士，很
少有人会用做学问的方式——寻找并整理所有相关
资料——来表达自己对于学校的热爱吧）。

在老图书馆写着"凭证出入"的大门旁，有着类似
窗格的门楣，可是细看之下，却是老子的镂空画像。韩
默解释：之所以在图书馆门前雕一个老子的铁画像，
缘于老子是图书馆的鼻祖。

若不是程曦特别指出，小钱从来没注意到
那些长满青苔的瓦当居然有着三种不同的
图案，作为历史的见证：最古老的是龙形
和平鸽状的瓦当，菊瓣形状代表解放
前，而五角星则表明建国后。

他也从来没有注意到大
学生俱乐部内的房梁上，
有三层画着戟的图案，
当然更加不知道这
叫连升三戟，含义

是祝福晴川书院学子连升三级。

当程曦谈到文学院的屋顶采用翘角,意为文采飞扬;法学院的屋顶则是平角,意为法力严肃的时候。两个男人都忍不住满怀幸福地长嘘一口气,对她们大加赞赏。

两位女博士也很得意,货卖识家,是件最舒服不过的事情了。

"还是我们中国人好,换了前两天追你的那个老外,听得懂这么高深的才怪。"程曦心无城府,口无遮拦。

李言一听,脸色就有点不好,"外国人跑到中国来追女孩子的事情多了。但对不了解的人还是要小心点。"

韩默搞笑地作委屈状:"女人总是希望感情能有个归宿的,可是我们在中国嫁不掉啊。中国男人都嫌弃博士太聪明,学历太高。"

"那是他们自卑。你找个不自卑的不就完了?"

"所以找老外啊!"韩默存心抬杠——遇到李言的另一个好处是可以不讲理。

李言大笑,把她头发乱揉:"你也就是叶公好龙的嘴把式,这么多年朋友我还不了解你?"

跟一个多年好友打嘴仗,最后往往会演变出这种温馨的场景。所以韩默觉得有个这样了解自己的人在身边实在是一件不错的事情。

但她没注意到自己只有在李言面前才会这么放松。程曦倒是看得清清楚楚,于是嘴角便挂起一丝神秘的微笑。

小钱对这个话题兴趣颇大,"你们女博士真的愿意嫁老外?"

理论上,韩默认为只要有爱什么人都可以结合。但要真临到自己头上,韩默自问没有这个本事。观念前卫而行为保守,恐怕是女博士们的通病。从理性看来,文化差异就像喜马拉雅一般难以跨越,恐怕需要大量激情才能克服。可是韩默自觉年纪大了,激情不够;激情减少,理性自然就增加,更加没有勇气翻越这座喜马拉雅了。

对这个问题,程曦是学哲学的,思路自然不同。她觉得如果嫁个老外的主要原因居然是避免学历歧视,实在可悲。人和人相处总是有问题的,没有学历歧视不代表就没有其他问题。

反正人生没有可以避开的问题,避开了一个也总有别的什么来替代。

原来郭靖也很好

不知是谁大力地把门摔上，门和门框碰击出了巨大的声响，并且在整个楼道里引起了回音，正在把头一点一点地打瞌睡的程曦被突然吓醒了。

程曦迷茫地揉揉眼睛，习惯性地往604梦游，结果发现604常年敞开的门居然关了，还没有从睡梦中醒过神来的程曦有气无力地拍了两下门，"喂，有人吗？"

门开了，韩默出来了，神色怪异，有点紧张又有点好笑。她一边反手把门带上，一边推着程曦，"走，去你寝室。"

程曦缓慢地点头，茫茫然地被推回了寝室。韩默见怪不怪地给她倒了杯水，在心中默祷："魂兮归来，魂兮归来，一、二、三、四……"

当她数到二十二的时候，程曦清醒了，"怎么回事？你和江荔吵架了？不会吧，你们现在不是一直关系不错吗？"

"不是……"韩默又想笑又觉得有幸灾乐祸的嫌疑，努力地绷

最聪明的人往往犯的都是最笨的错误。不管多么明智的女人在面对感情的时候都有糊涂的时候。对于女博，饭票不再是婚姻的必要条件。然而，当婚姻不再关乎饭票时，择偶的标准反而变得模糊起来。所以优秀的女人总是不太明白：我到底要什么样的男人？女人们都希望碰到一个踩着七彩云朵的盖世英雄。但优秀并不等于爱情。感情其实很简单，也很平淡，不过就是我喜欢他，他也喜欢我罢了。

着脸，"江荔被那个追求者逼崩溃了，把他给赶出去了。"

　　程曦大惊，"江荔那么喜欢端着的人会干出这么破坏自己形象的事情？"

　　"那就看谁的功力强了，我看那人一定是马拉松好手，不然毅力怎么比江荔都强。"

　　江荔的特点就是"韧"，连学习方法都是自虐式的，让韩默发寒，让程曦咋舌。她能把整本《大学英语》里面的课文都背下来，却不能外语会话超过十分钟，能把六级听力题做对百分之九十，却不能听懂电影的英文对白。

　　"我就不信天下还有能把江荔逼到这个份上的，那男的呢？走了？"

　　"你刚才没看见？就在我们寝室对面的楼道上巴巴地站着呢。"

　　"我睡觉起来视线有障碍，你又不是不知道。"程曦悄悄探头到门口往那边看了一眼。"我的妈呀，这样都不走，江荔魅力够大啊！

不然那男人就是吃万能胶长大的。"

程曦的暗喻终于让韩默憋不住,乐了。

几天之后,江荔把东西一收,落荒而逃,回家去了。

此消彼长,程曦的室友小廖回来了。

小廖已婚,所以不太在未婚女博的圈子里混。已婚的女博士住校的多半会多出一部分钱,打个申请一个人住个单间。但小廖就是本市的,大部分时间在家里住,只有第二天早晨有课才会提前过来住上一晚,所以懒得麻烦,也省些钱。

这个学期她要帮导师做事情,课少而任务重,她的电脑又放在家里,几乎就不过来了。

看到小廖回来,程曦有点诧异。

她平时和小廖处得不错,时常联系,有时候还会相约碰个头逛逛街。前不久她和小廖还联系过,小廖还说最近是写书最忙的时候,应该没时间来校。更何况,今天找小廖的电话也太频繁了一点,她挂得也太快了一点。

晚上,小廖似乎想和程曦说点什么,但寝室的访客一如既往地来来往往、车轮大战,几次她都开不了口。

韩默是个精乖的,看在眼里,心领神会,拉着小廖到了自己寝室。再给程曦发个短信,程曦就串过来了。

"咋的了?"程曦猜想她不开心,可能是夫妻吵架一类的,准备劝架。

没想到小廖说出了"惊天动地"的一句话,把两人都吓到了。

"我怀孕了!"

虽然没有明文规定博士期间不准怀孕,但是因为会影响到学习,导师们对女弟子怀孕大都是不太能接受的。读书期间不要怀孕，已经是中国研究生界一条不成文的规定了。可是避孕这种事，就像足球比赛中的守门一样，即使扑出去一百个球，但只要不小心漏进一个，就满盘皆输了。

"你老板怎么说？"

"他听了以后很沉默，但是过了一会，师母就过来悄悄问我，可不可以不要。"小廖脸色苍白。"我害怕如果我一定要生，老板可能会要我退学。"

"那你怎么说？"程曦一向很喜欢小孩子，着急。

"我说我要好好想想，就回来了。"

"你自己是怎么想的？"韩默的沉着让人心安。

"我觉得读一个博士不容易，我想打掉，等读完再说。可是我老公、公婆、爸妈都强烈反对，他们本来就觉得我不该读这个博士。"工作了、已婚并且被家人反对的女人考上博士真可谓千辛万苦，她舍不得学位也是情有可原。

"所以今天那些电话都是你家人打来劝你的？"程曦了然。

"读博以来，我一直努力在家庭和学业之中保持平衡，主动做全部的家务，但这次我公公居然说：'是孩子重要还是你重要？'他们说什么我都可以接受，可是我这个博士读的多么不容易，他们应该比谁都清楚，我真的不想放弃啊！"小廖突然激动起来，"他们太自私了，我想明天就去医院，我听说做这个手术要有男方在场签字，你能不能找个男生帮我冒充一下。还有你们陪我去好不好，我有点害怕。"

程曦一听，急得马上就要说话。

韩默悄悄按住她的手："急不得，这是大事，考虑久一点才好。你放心，我们总是在你这边的，男生就找李言吧，我去跟那家伙说，不过就算是答应了，他要上班也要等周末才行，不过多等一天，没

事吧？"

小廖神经原本绷得紧紧的，现在心头一松，就哭出来了。

韩默冷静地说："这个事，先不要让太多人知道。你们寝室人来人往的不好，江荔正好不在，你今天过来睡她的床好了。"随手把面巾纸递给小廖，抬起头对在后面抹脖子使眼色的程曦安慰地一笑。

两人把小廖安排睡了，走了出去。

程曦急得抓耳挠腮："怎么办，不能再出一个裴师姐啊。"

稍有医学常识的人都知道，在这个年龄做这种手术实在不是一件明智的事情。韩默有个裴姓师姐就是因为读书期间一不小心"弄出了人命"，但因不想影响学习做掉了，结果造成习惯性流产,不能生育,成了终身遗憾。

学习固然重要,但是人生里面还有很多值得珍惜的东西,为了学历牺牲自己做母亲的权利,在两人看来都是再愚蠢不过的事情。

韩默成竹在胸地回了一句话,"置之死地而后生。"程曦眼睛一亮。

第二天,韩默给李言打了个电话,把前因后果一说。程曦只听到最后一句:"怎么着我们也要想办法把这孩子留下来。基本就是这个思路,要说什么你自己准备。但是,你可能要受委屈了。"

这一天里,两人完全不提孩子的事情,只是陪小廖聊天,松弛她的神经。

第三天,两人陪小廖来到某妇幼保健医院。李言已经如约在门口等着了。

看见李言,小廖却露出了忐忑的神情(她还没见过李言),不自觉地拉住了程曦的袖子。

李言痞痞地晃晃手里的黄本,"病历我已经买好了,"打量小廖,"我真佩服你,我看见血都晕,连献血都不敢。你竟然敢上手术台。"

小廖脸色当下就是一白。

李言继续当恶人:"我有个朋友就是陪女朋友做这个手术,也是正规医院,结果突然宫内大出血,没办法,就整个切了。别说生孩子,连女人都做不完整了。"

小廖几乎要把程曦的手抓出血来。

程曦作大怒状,"你怎么回事,什么不吉利说什么。"

韩默赶紧小声地对小廖抱歉:"对不起,他就是这样。不过要不是这种个性的,正经一点的男人也很难肯来扮这个角色。"

小廖摇摇晃晃,但还是勉强挤出笑容点头。

韩默站在小廖的立场说李言:"你又不爱读书,怎么知道小廖读一个博士多不容易。"小廖觉得韩默说出了自己的心里话，舒服了一些。

"一个博士学历能值多少钱？从前的本科生还不是牛气冲天，现在一块砖掉下来，砸死十个人有九个是本科。我看十年之后，博士学历也就那么回事。但是小孩儿长到十岁，那可是能帮家里打酱油了。要我是她老公，非为这和她离婚不可。"李言今天堪称天下最不知好歹最不会说话的人。

"她导师说要让她退学，怎么办？"韩默今天也很奇怪，她平时不是会为这种事费唾沫的人，更不会用这么恶劣的态度对任何人。

"导师说的就有用？退学不是由学校决定的吗？再说了，她要这么能读，大不了生了孩子再考，读书啥时候不行啊，可是生孩子可是有年龄限制的。学历能比家更重要？再说了，现在生孩子不都是老一辈帮忙带的，又辛苦不到哪去。"李言的表情让韩默恨得牙痒痒的，小廖不知道为什么有点往后躲。

"好了，别站在门口吵架了，让人听了多不好。进去吧。"约好了唱白脸的程曦打圆场。

几个人走到挂号处。

程曦正要掏钱，小廖突然说："等等。"

三个人回头看着小廖，小廖慢慢地说道："你们今天是来演戏给我看的，是不是？"

程曦有点不知所措，韩默当机立断，"我们实在不忍心看你把人生赌在一张文凭上。"

"我明白，不是真关心我，你们何必这么大费周章。"小廖眼圈又红了，"你们说的，我都听在心里了。我觉得自己真的很幸运，到了这个年纪还能碰到能真心替我着想的朋友。到了医院，听到你们的对话，我想明白了。我是觉得家里人都不理解我，赌这口气。

可是我并没有想到如果我不要这个孩子，我会失去多少比学历更重要的东西。我觉得舍不得，毕竟当母亲是所有女人的梦想。"

小廖的表情让三个人都松了口气。

"我妈很早就跟我说过，一个女人如果一生都没有当过母亲，她的人生是不完整的。"韩默声音很柔。

程曦见缝插针，"我们给你家人打个电话好不好？现在这种时候还是回家去照顾得比较好。天底下除死无大事。导师那边，你和家人一起去，好好说，我想你老板不是那种不通情理的人。不高兴是肯定的，但是也不至于退学，顶多推迟一点毕业。"

小廖点头。她关了机，电话打不通。家人早就急得不得了，一接韩默的电话，马上就打的赶过来了。

临走，小廖特地跟李言握了握手，"要你一个大男人来做这种事，真是辛苦你了！"她的丈夫虽然还不清楚状况，但明白李言帮了大忙，也连声称谢。

李言有点不好意思，但还是很得体地应酬过去，跟韩默挥挥手，走了。

这样成熟稳重的李言和自己熟悉的那个多年兄弟实在有太多不同。看着他远去的背影，韩默突然感到一阵恐惧，仿佛李言会就这样离她的生活而去。

路上，程曦感叹："李言真是个好同志。你听他说的那些，肯定是查过资料的，要不他一个大男人怎么知道那些。还有，以他的个性，要来说这些女人的事情，真是够辛苦的。李言肯牺牲成这样恐怕都是看你的面子，对你真不错！"

韩默没有做声。

程曦接着说："其实不管是老师还是同学，关键是小廖自己的想法，别人说得再好，还是要自己说好才行啊。"

她问了韩默一句："如果换了是你,碰到同种情况,你怎么办?"

韩默果断地说："要!我身体不算好,年纪也一把了,做掉太危险。"

"如果是未婚先孕呢?"

"当妈妈是一辈子的事情,不能为面子或者别的任何事牺牲掉。"

"孩子他爸不负责呢?"

"关他什么事?我又不是养不起。"韩默这种有个性的人酷起来直逼黄药师。

可怜的出租车司机听得两眼翻白,连话都不敢插一句,不知今天载到的是哪方神圣。

小廖的导师与她深谈数次以后,终于对她的选择表示了理解。

也许天下很多事情都是这样,当你勇敢去面对的时候,总是有办法解决的。

第二天,程曦举着一块"瑞士莲"跳进屋来,"看,我终于找到你上次说过的这种巧克力了。"

却见韩默眼圈红肿,勉强地一笑。

"你怎么了?"

韩默刚要开口,一颗没擦干的眼泪又滴落下来。

程曦吓得环抱住她,"没事、没事。谁欺负你了,我揍他。"

韩默无奈地苦笑,"没有人欺负我,是误会。已经没事了。"

原来,因为韩默的老爸老妈感情太好,所以韩默老爸因病去世之后,韩默老妈一直不肯嫁人。可是不知怎么就传成了由于韩默从中阻挠才害得她老妈嫁不出去。

结果韩默一位信以为真的长辈打来电话，把她痛骂一顿。韩默连分辩的机会都没有，电话就挂了。

韩默满腹委屈都说不出来，下意识拨通了李言的手机，什么都还没说出来，只听到他的一声"喂"，便忍不住落泪，在电话里痛快地大哭了一场。

可怜的李言只有默默地听着听筒里的哭声——他的沉默反而比一切言辞都来得更加让人宽慰。听着电话那头熟悉的呼吸，韩默慢慢地安下心来了。

"所以，现在已经没事了。"韩默总结。

程曦却突兀地说了一句令韩默意想不到的话："你有没有发现，当你遇到任何大事的时候，你第一个想到都是李言？"

说完。她把巧克力放在桌子上，走了。

留下错愕的韩默……

韩默这几天都很沉默。

当她回头看去，每当自己有什么困难的时候，李言总是在自己身边的，就像一张最可靠的安全网。算来李言为自己做的又何止这些：一个人肯为另一个人做到这一步，怎么也是够让人感动的了。

原来，李言已经在自己身边陪了很久很久，好像自己已经不太习惯没有他的日子……

程曦和她说笑惯了，很不习惯她的沉默，出尽百宝试图逗乐她。韩默却始终不露笑脸。

程曦一急，使出了杀手锏："我借了《基督最后的诱惑》，叫老杨过来一起看？"

韩默这才忍不住噗哧一乐："你杀人不用刀啊？"

程曦如释重负："好了，笑了，笑了就好。"

韩默心中感动,一时说不出话来。

有这样肯真心替自己着想的朋友,实在是一件幸福的事情。她一直在犹豫要不要把自己的心事告诉她,现在决定了。

听完韩默的倾诉,程曦愣了半晌,叹了一口气,"姐姐,我还以为你是装糊涂呢。亏得你这么个聪明人,竟然不明白李言在你身边这么多年是为的什么?他对你的好,所有人都看得出。"

最聪明的人往往犯的都是最笨的错误。

韩默彷徨:"我一直认为我要找的男朋友一定是非常优秀的。可是李言离我想像的差得太远,我觉得我不太可能喜欢他。也许这只是一种稍纵即逝的感觉,过不久就会消失掉。这不太可能是爱情。"

不管多么明智的女人在面对感情的时候都有糊涂的时候。

"你对他是不是爱情我不知道,但是我觉得你在心理上对他很依赖。你看每次有什么事情你第一个想到要找的都是他。这还不是爱?"程曦吃惊,"现在能有像李言这样真心对待一个女孩子的男人,而且又不娘娘腔,我觉得世所罕见。姐姐你知足吧,易得无价宝,难得有情郎啊!"

"我明白,可是我真的怕我在心理上接受不了。别人又会怎么说呢?"

韩默等着程曦批判自己的幼稚无知不懂爱情,没想到等到的却是长时间的沉默。

很久之后,程曦才缓缓地说了一句话:"我好像从来没跟你说过,我为什么和以前的男朋友分手吧。"

韩默从老黄那里倒是听过一点,知道程曦的前男友是她的师兄,当年迎新时就对她一见倾心,然后展开了长达一年的猛烈追求,但确定关系不到半年,程曦就提出分手,她师兄为此很受打击。连带的,老黄也憎恨了程曦很久。

"你知道吗,我和你一样,从小就相信一个像我这样优秀的女孩,一定会有一个全世界最优秀的男孩等着我。所以当我那个师兄追我的时候,我是很不情愿地和他在一起的,因为我觉得他还远远不够优秀。可是因为身边所有的朋友都觉得他对我太好,所以在身边人的压力下,才跟他走在了一起。"

因为舆论的力量而选择男朋友当然是件蠢事。可是人不轻狂枉少年,年少的时候不在感情问题上犯错,恐怕反而不正常。韩默微笑。

然而两个人在一起不到半年,程曦因为某种机缘,认识了一位极其优秀的人物。即使到了现在,程曦理智地回头看去,仍然认为他是自己接触过的所有男人中间最优秀的一个。

对于当时年轻的程曦说来,也许他更近似于一个神话:英俊、倜傥、体贴、真诚、宽容、善良,遇到任何棘手的问题他都能迎刃而解。

遇见这种万中无一的理想男人,实在不知道是一个女人的幸还是不幸。

但是,程曦居然就真的遇到了一个活生生的,当然一头栽了进去。

程曦发现自己的初恋完全不能称之为爱情,于是当机立断与师兄分手。(这种对于自我情感的绝对真诚的态度,程曦一直坚持到了现在。)

可是对于成熟的他来说,程曦只是一个单纯而且非常可爱的小女孩罢了。他对她很好,却始终没有把她当成女人。

接下来的大学生涯对于程曦仿佛便成了一个无尽的怪圈——彷徨,挣扎,痛苦,艰涩。

然而,痛苦往往比幸福更能让人成熟。不同的人从同一件事

　　本科女孩的爱情，往往太过浪漫天真言情，热衷于扮演肥皂剧的主角，仿佛永远都豢养着一只叫做"寂寞"的宠物。然而，读到博士，学会自得其乐，早就心平气和。看半边镜子也觉得能照出衣香鬓影。

——彩云雨田　题绘

中看到学到的也大不相同。程曦这个聪明女从这几年的暗恋时光中学会的,足以让自己受益终身。

第一年,她学会的,是爱情的基本态度——我爱你,与你何干。程曦发现,原来爱情中的痛苦不是来自爱,而是来自"要求":我要你爱我,我要你回报我的爱,我要你对我好比我对你好更甚……煎熬便如影随形。难怪佛家把"求而不得"作为人生中最大的痛苦之一。

慢慢地,她学会了把爱情当成一件自我、私密、独立、尊贵而不须对自己以外的任何人负责的事情。这种思考方式也许是带着一点阿Q精神的,但却的确能最大程度地减少爱情带给人的负面因素。也许爱情的产生是没有理性可言的,但是如何去爱却是一件需要大量理智和技术的事情。

第二年,她学会了如何把对一个人的仰慕变成使自己更好的动力。

爱上一个太过优秀的人,带来的往往不是压力就是动力。就在这一年她考上了硕士(这种事情在硕士里还不止一两起,和她同一个考场的另一个女生居然为了和男朋友厮守,从文科跨到理科,而且还考在当年的前三甲。闻者莫不叹其为牛人)。

程曦这才发现自己的高中老师们把爱情当成洪水猛兽的做法其实大有可诟病之处——爱情这玩意力量太大,适当地疏导绝对比一味追堵更加科学,更加利用能源。

第三年,程曦学到了爱情里最重要的一课——最优秀的并不等于就是最适合自己的。

在几年的暗恋中,程曦逐渐从那个不知爱情为何物的黄毛丫头长成了一个成熟优秀的女性。当自己也成为了别人眼中的优秀人士时,她终于明白那个人拒绝自己的原因:"没有一个聪明人愿意仅仅因为自己的优秀而被爱,因为优秀是一个会变动的不确定标准,如果因为优秀而被爱,总有一天对方会因为遇见更优秀的人而离开。"当优秀被当成了爱情的条件,这种爱情就是不真诚的。她发现原来自己从来没有也不愿去了解他平凡的一面,而这种不肯容忍对方缺点的感情与其说是爱情,不如说是崇拜。

她的另一大发现是,原来优秀并不是爱情的必要条件,自己其实已经不知不觉地成为了一个有条件追求更为真实的幸福的人。

她默默地告别了这一段带给自己无数回忆的感情经历。但她一直非常感激这段感情和那个人。领略过天空的人反而更能欣赏大地的可贵。正因为遇见过这么高入云霄的优秀人物,她才真正懂得欣赏"平平淡淡才是真"的幸福。

"我原来希望的感情是碰到一个踩着七彩云朵的盖世英雄。现在我明白,谁没有缺点呢? 但总有一个能容忍我的缺点也能被我容忍的人存在世界上。感情其实很简单,也很平淡,不过就是我喜欢他,他也喜欢我罢了。"程曦自嘲地笑了,"我居然花了三年来发现优秀并不等于爱情。你不是问过为什么我对别人的宽容度这么高? 原因很简单,因为我自己做过的事,有很多都比他们做的更蠢。回头想想,我可是一直大错小错跌跌绊绊走过来的,能活到现在不容易啊。"

一个人若学不会自嘲,就很难学会宽容别人。

"可是听起来,你好像现在在绕弯子骂我蠢。"韩默偏过头。"因为我正在犯一个同样的错误。"

"让你发现了。"程曦吐了吐舌头。

韩默装出阴险的表情:"骂人有上中下三品:两人对骂,剑拔弩张乃是下品;骂得让人心里明白,嘴上说不出是中品;骂得自己明白,泄了愤,别人却糊涂,也没为这心里难受,自己出了一口恶气,可是人缘还在,是上品。你这一骂最多算得中品。"

程曦叫屈："姐姐，那是碰到了你这种聪明绝顶的女博士，换了别人谁反应得过来，已经是上品了。"

"上诉驳回。"韩默冷笑。

两个聪明人之间的沟通不需要太多言词，话也说了，听的也懂了，剩下来如何决定就是私事了。反正彼此明白，就不再多说，只是闲闲磕牙。

一整夜，韩默都没有睡着。

第二天中午，韩默拿起电话，打了一个熟悉的电话号码："我是韩默。"

那头，李言爽朗的笑声传来，"才女亲自打电话啊，有啥事？"

韩默深吸一口气，冷静而直接地问了一个问题，"你到底喜欢我几年了？"

电话那头僵住了半响。

李言想想是福不是祸，是祸躲不过，又想伸头也是一刀，缩头也是一刀，于是干脆利落地答道："十一年，从上高中和你认识开始。"

在这个速食爱情泛滥的时代里，韩默突然发现自己成了一个爱情童话的主角……

对于女博，饭票不再是婚姻的必要条件。然而，当婚姻不再关乎饭票时，择偶的标准反而变得模糊起来。所以优秀的女人总是不太明白，我到底要什么样的男人。

也许从终极意义上说来，我们要的只是一个真正地真心地爱自己的人。

韩默的恋爱就这样开始了。

程曦知道后，一阵坏笑："李言是'事儿爸'，你跟了他，你就是'事儿妈'了。我就盼着这一天呢。"

韩默痛心疾首，"怪不得你死命劝我和他在一起。"

"嘿嘿，你才知道啊。"

"幸福的婚姻都是相似的，不幸的婚姻各有各的不同。"

女博士和本科生的幸福婚姻，往往不出以下两种情况：

黄蓉郭靖型：

一个太聪明的女人，很难找个更聪明的来匹配。但如果找个略输自己一筹的男朋友，他想什么自己都算得到，又有什么意思？还不如索性找个差距大的。俗话说："一个傻瓜提的问题，十个聪明人也解答不了。"两个人彼此都猜不透，婚姻反而有了较大的乐趣。

另一方面，真正的聪明人，能看到比智力更深层的东西。聪明绝顶的黄蓉会喜欢郭靖，是因为她看得到藏在郭靖的笨背后的好处（可是同样笨的穆念慈就看不到）。所以一个憨憨的老好人比欧阳克杨康之流的小滑头更有可能得到黄蓉的爱情。

韩默有位师姐就找了个典型的郭靖型老公，从来不会弄一点浪漫，可是忠厚可靠得紧。有一次，他突然对师姐说："我给你买束花吧。"师姐受宠若惊地说："好啊。"一会儿功夫，他提着两只张牙舞爪的螃蟹回来了，原来他到了花摊，看到旁边有个卖螃蟹的，就觉得还是螃蟹比较好。若换了平常女人一定大怒，但是这位师姐却高兴得不得了。她对韩默说："这样的男人真让人觉得安心。"换了平常女人一定觉得她傻，可是韩默偏偏觉得很能理解她的话。所以老天爷真是公平，他造了一个聪明绝顶的锅，就一定有一个笨笨的盖来配。

看《射雕》的时候，很多读者都为"巧黄蓉说话，笨郭靖听不懂怎么办？"这个问题担心得死去活来。但读博的女人都知道，这个问题基本对两人的关系没有任何妨碍。

因为读博的人都知道，即使同是博士，但不同学科的博士和博士之间研究的东西比山顶和山顶之间的距离还要远。从哲学的角度看，历史系的论文可能逻辑性不够，可是从历史系的角度看，哲学系的论文又可能太过高来高去。但是从历史的角度看哲学和从哲学的角度看历史，实际上都是非常荒诞的事情。所以博士们都明白：任何人都是不一样的，一个人不可能、也不需要懂得每一个人，只要能理解宽容也就够了。也就是说，黄蓉们根本不会存"《射雕》里能有人听得懂自己说话"这个心。

小龙女杨过型：

女博士虽然聪明，可是不少都是从来没有工作过，直接本科、硕士、博士一级级升上来的，毕业以后大多数也都在高校工作，仍然没有太多机会接触到真正的社会，就像小龙女虽然聪明绝顶却在古墓中长大一般，所以有不少是不经世事的书呆子，对于为人处世的那套社会规则就有很多不明白的地方。而本科生的杨过们从毕业开始，就在社会上历经种种磨炼，心理上成熟得多。所以小龙女虽然比杨过年龄大、辈分高，却处处都靠杨过提点。因此小龙女对杨过实在是有一种心理上的依赖感的。

男人们恐怕都不喜欢与一个无聊的笨女人相处，可是一个头脑聪明却单纯到笨的女人几乎是男人寻遍天涯海角的极品。聪明而有学习力，则一可以谈天说地，二可以不断改善婚姻质量，从生活琐事到性，只要教就能学得会的女生多么难得。单纯则能让男人饱尝保护者和大男人的快感，而做一个单纯女人的保护者当然比做一个笨女人的保护者心里来得更舒服。尤其是单纯的女人能看得到别人对自己的好,懂得感激。一个女人兼具两种特性,又岂不是男人爱情的对象?所以神雕侠侣里杨过身边的女人来来去去,但小龙女却能始终在他心里,除他本人的个性之外,小龙女兼具聪明与单纯的性格也是理由之一。

从韩默这边看来,自己的恋爱模式是第一种类型:

她发现和李言恋爱十分之有乐趣,因为在和男博士们打交道的时候,大家的智商和生活环境都差不多,对方在想什么都一清二楚,说了上句,他会往哪个方向去回答都估计得十足十,简直如同看一场已经预知结局和并且看过所有精彩情节的电影,没有一点新意。但是李言此人没有经过任何学术方面的思维训练,所以他的回答往往基于自己现实的人生历练,让习惯了学术思路的韩默往往有意外之喜。原来一个问题还可以这样想,而且言之成理,十分佩服。社会经历丰富的李言觉得没有什么想不开的,所以身上有一种幽默和放松的特质,总能让韩默平静下来。当韩默陷入知识分子常有的焦虑不安的时候,他就会微笑着面对韩默,并想办法逗她开心。李言不是一个太甜言蜜语的男人,在韩默看来却格外觉得安心。以上这些听起来都没有什么了不起,可是就是这些让韩默深深地爱着他。

韩默发现:"郭靖"是个全世界最好的听众,不管跟他说什么,他都会听得很开心。韩默有一次看《功夫皇帝方世玉》,发现片尾雷老虎丢出的天地会名册后面很恶搞,写的是"驻诊医生是黄飞鸿,外语翻译是十三姨,财务是苏乞儿,康乐是韦小宝,大状是宋世杰"。本来她很为自己的发现得意,结果跟程曦一说,程曦大煞风景地回了一句:"我八百年前就知道了。"扫兴之极。可是当她告诉李言这个发现的时候,李言大惊,佩服得五体投地。韩默这才找到感觉,心里好不舒坦。

"郭靖"最好的地方是肯吃亏。人们小时候听父母教自己吃亏是福,心下颇不以为然地腹诽的应该不少。但李言发现,其实在和博士的婚姻里,还真要肯吃亏的。因为女博士太聪明,一定会知道对方是让自己的,所以暂时吃一点亏,事后一定有更大的补偿。

"郭靖"的另一个好处在于"自知其无知",听得进意见。韩默有段时间要赶篇论文。结果才写了几天,渐入佳境的时候,李言出差回来了。博士生写起论文来都如同鬼上身,韩默根本没时间理会李言(博士们写文章都有点自己的习惯。程曦的爱好相当另类,喜欢听台湾偶像剧,理由是够拖沓,没内容。不动大脑,又有变化,能激发思路。但韩默写文章就要环境足够安静)。李言从小连考试作文都是东拼西凑,只要字数够就万事大吉,哪里见过韩默这种架式,还傻不愣登地在边上蹭来蹭去、嘘寒问暖。看官,这写文章的时候状态一对,灵感泉涌,好句子一个接着一个迸出来,只怕手慢一点错过佳句,哪里还经得起旁人打岔。韩默的好脾气也有用尽的时候,忍不住说:"你能不能干点别的去?"李言一腔关心换了白眼,无疑是挨了当头一盆冷水,不理解之余自然满脸的不愉。两人为此很有点不愉快。韩默不禁对程曦感叹找个博士也有找博士的好处,至少能彼此理解,不至于像这傻蛋,做错了事还满腹委屈。幸好程曦机灵,捉了李言来使用苏格拉底的"精神助产术"①:"要是在你打 CS②最关键的时刻,有人问你今天吃什么菜、明天穿什么衣服、家里地板怎么装修,你感觉如何?"李言这才醍醐灌顶,从此对韩默的文字生涯理解万岁。

---

① 苏格拉底把他所擅长的通过不断发问、从辩论中弄清问题的方法称作"精神助产术"。这种方法可以启发人的思想,使人主动地去分析问题、思考问题。

② CS 乃是风靡全球的一个射击游戏,无数男生打得不知冷暖饥饱。

基于以上种种,韩默觉得李言的确是个可爱的傻子。

可是,在李言看来,自己的恋爱却又是第二种类型:韩默是一个典型的笨书呆子——她不会收拾屋子;不会做饭;没了李言,生活几乎不能自理。如果换了别人,李言可能会觉得这女人太笨,但因为韩默有博士文凭打底,只有这样聪明的女人犯起傻来,方才让人觉得可爱万分。有时候李言想起她的傻气,自己就忍不住笑出声来。

李言觉得韩默的身上有一种现代女人很少见的纯真,这种纯真是怎么装也装不出来的。

也许两人的和谐与韩默的博士文凭有一定的关系:

和女博士谈恋爱的好处在于很难有一般男女之间的误会。一方面,女博士的文凭能给对方太多安全感,反正也没多少人敢追女博士,感情里的不信任因素一下子减少了一大半。而且很多时候两个人能否相处融洽,并不完全取决于感情的深厚程度,而是两人的信任度。韩默和李言认识的时间长,彼此了解又深,信任度又比一般的女博配本科还要高得多。男生总是很安心,不会干出吃醋这种非常让聪明女人讨厌的事情。另一方面,女博谈个恋爱不容易,所以对于感情很珍惜,会去找大量的婚恋指导书籍来看来学,努力营造自己爱情的氛围。

存在主义作家加缪说:"爱或可燃烧,或可长存,二者不可兼得。"到了现在,韩默浑没有时间精力燃烧,倒是这种稳定的关系让她很心安。

所以程曦很喜欢看这两个人在一起,觉得有一种奇异的和谐。

有时,爱情真能点石成金。

韩默这种集智慧和气质于一身的女博士居然跟了一个本科生。这件事本来可能会引起很大的轰动。但是因为有更大的新闻在前，所以除了个别追求过韩默的男博表示了极大的愤怒之外就没有太大的反应。

因为江荔居然成了那个秃顶男人的女朋友。

听说那个男人不知怎么打听到她的家庭住址，追到她家里。苦等了几个月之后，江荔心软了，答应他试一试。

这就是男人与女人不同的地方。一个男人若不爱一个女人，无论那个女人如何坚持追求也很难动心。但女人则不同，只要能坚持足够的时间（当然行为不能过度，不能被对方怀疑变态），就算再怎么优秀的女生也有相当大的可能会被感动。而且越是聪明的女人越是能看到真心的可贵。所以对聪明的女人好，实在是件很值得的事情。

当然起初江荔心里多少还是有点不平衡的。但当她发现韩默和李言在一起以后，觉得自己的男朋友好歹是个博士，自己还是技高一筹，心理又平衡了不少。

但是，当江荔的新闻效应渐渐退去后，韩默的爱情还是受到了女博士们迟来的关注。不管怎么说，女博士和本科生的配对还是让很多人大掉眼镜，尤其女主角又是韩默这种颇有才名的人物。

615俱乐部曾有过不为韩默所知的热烈讨论，最后程曦总结："聪明美丽的女孩往往落入貌不惊人、心地体贴的男人之手，远有黄蓉，近有韩默。"

韩默和李言也有瞒着程曦的言谈：小钱接触了程曦这么长时间，对她有了很深的好感，正央求两人帮忙牵线搭桥。韩默在婚姻大事上着了程曦的"道儿"，看小钱实在是个不错的男人，程曦也似乎懵懵懂懂地对他有一点好感，难得有可以"报复"程曦一下的好

172

机会,所以和李言商量着怎么能把小钱弄成程曦的"钱二狗子"。

至于他们会是以上的哪种类型,就要看时间的发展了……

某天,李言同学在韩默身边东磨西蹭地晃悠了许久,韩默就知道他心里有事,索性停了笔看着他。他又憋了半天,才冒出一句:"你今年五一跟我回家吧。"看着李言那个费劲,韩默的心中无端端温柔起来:"好。"回头又看电脑去了。

李言本以为还要与这口齿伶俐的丫头一番论战,攒了一肚子的理由严阵以待,没想到这么轻松就解决了,看着韩默宁静的后脑勺,倒有点恍然若失,满身的劲没处发,出去绕操场跑了两圈才回来。

　　韩默跟李言回家，无疑给李言家带来一场小型地震。李言的家人原本持大众观点，以为女博士多半会是五官恐怖，或者傲慢无比的，故此心里有些排斥。没想到韩默五官秀丽、落落大方，倒是越看越喜欢。

　　但越喜欢反而越害怕。父母总是为子女着想的：李言的家人原本看儿子倒也顺眼，如果用"征婚广告式"的修辞方法倒也称得上"体健貌端"，但看来看去也只算得灌木丛中最挺拔的一棵，怎么也算不上梧桐，如今居然引下一只金凤凰来。想来想去，不明白韩默凭什么定心在自家的傻儿子身上，怕只怕日后韩默变心儿子受伤。

韩默乃是玻璃人儿,看在眼里,于是索性把自己放低了,说些女博士找对象的难处,听在老人耳朵里,心就安了。

能给男方及其家人很大的安全感,也许就是女博谈恋爱与一般的优秀女人相比的最大优势吧。

到过李言家之后的某天,韩默照旧窝在 615。

"'他的人呢?'

'人犹未归,人已断肠!'

'何处是归程?'

'归程就在他眼前。'

'他看不见?'

'他没有去看。'

'所以他找不到?'

'现在虽然找不到,迟早总有一天会找到的!'

'一定会找到?'

'一定!'"

"太牛了!"放下《天涯·明月·刀》,韩默感叹:"为什么古龙能写出这么灵气十足的句式呢?"

非常擅长理性思考因而非常擅长煞风景的哲学院博士生程曦答曰:"因为,在台湾,出版商对名家是按行数而不是按字数给钱的。"想了想,又补了一句:"我想你刚才念的那段,一定是让出版商崩溃了。"

"看来真相总是让人沮丧的。"韩默有所感。

程曦奇怪:"何出此言?你和老李家人处得不好?还是,你终于看到了他的阴暗面?"

"都不是,是我跟亲戚们说我订婚了以后,我家人的反应实在出乎我的意料。"

韩默终于决定和李言在一起以后，心中忐忑，以为多少会有些反对的声音，谁知道所有的亲戚纷纷如释重负，对小李的"低"学历毫不在意。韩默这才意识到：原来即使在自己的家人之中也存在着对于女博婚姻的歧视问题。

原本以为自己是稀缺产品，结果发现被人当成滞销货物，这当然不是一件舒服的事情吧。

对于韩默订婚的最有趣反应来自妈妈。妈妈一个人把她养大，一生为她打算不说，还担心自己老后拖累女儿。如今韩默订了婚，妈妈这点心思就成了心事。

一次妈妈和她开玩笑："小默啊，将来你结了婚，妈妈就去找个好的养老院住。省得你们小夫妻烦。"韩默一听，心里咯噔一下，知道这玩笑后头大有文章。

好韩默，立刻佯装大怒："什么，你要住养老院？那我上哪找范例教我孩子什么叫孝顺？以后我孩子也让我住养老院怎么办？"这个出乎意料的答案让老妈神情一松，竟然擦起了眼泪，从此再也没有提过这档子事。

订婚之后的某天，韩默望着镜子，有点发呆，问程曦，"你说我这好好的一朵鲜花，怎么就插在李言这块牛粪上了呢？"

程曦面不改色，"庄稼一枝花，全靠粪当家。"

附录

我的老婆是博士

李言

一　红　尘

爱上老婆的时候，我是个才高一的傻小子，刚刚从另一个学校转学过来。才过了几天舒心日子，就一不小心看见了她，从此万劫不复……

堕落的过程是这样的：我和一帮新认识的哥们儿就像往常一样站在教学楼的楼道里，干着一些那个年龄的男孩子们都会干的各种自以为是耍酷其实蠢得不能再蠢的事儿。就在这时，正巧有一个眼睛长在脑门顶上的小黄毛丫头走了过去，正巧往我这么看了一眼，于是我就这么完了。

我就不明白了，理论上讲，所谓一见钟情这种事的对象都应该是大美女，可是我喜欢的这个丫头片子实在不能算大美女。虽然她的小圆脸看起来有点傲，有点痞，有点不爱搭理人，更要命的是还有点太过聪明，但我怎么就觉着怎么看怎么顺眼？

　　等她蹦蹦跳跳地走过去之后，我一方面为了掩饰自己的心情，另一方面也是想打探军情，于是装出很不经意的表情问身边的哥们儿："那小丫头是谁啊？"

　　那个时候的男生正是一脚还在懵懂的童年，一脚却跨入了青春期的时候，对男女问题敏感得不得了。那哥们儿立刻一脸贼笑地回答："她就是我们这个年级的，二班的。语文特别好，老拿奖。但是不太爱说话。怎么，有兴趣？"

　　我怎么可能承认，"哪儿啊，我是觉得这丫头怎么这么跩？真想找机会打她一顿。"

　　那家伙被我吓了一跳，"不是吧，我们学校可不兴打女孩。再说她可没招你。"

　　"哦。"我露出了一脸没能打上人的惆怅，成功地把兄弟骗了过去。

　　坦白说，那个年龄的男孩根本不懂什么是爱情，我那会儿只是觉得一天多看她几眼，就心情舒畅，一天没看着，就觉得心里空荡荡的。

　　所以，不久我就把这只小土拨鼠简单的出没规律摸熟了，并且适当地调整了我自己的生活规律。多年之后，我回首往事，才发现因为她，我不自觉地修炼了很多本领：

　　也不知道她怎么能把时间掐那么准，总能踩着早自习的铃声进教室，可为了多看她一眼我就不得不老是迟到那么刚好一秒，天天被老师骂得狗血淋头，于是成就了我的"厚脸皮"神功，到现在还因为挨骂态度端正，被老板当成好同志加以善待。

　　她坐在教室第一排，所以一下课溜得奇快。坐在后排的我也练就了一身从人群中杀出重围的好本领，至今还能在 A 市那极度拥挤的公交车上进出自如，收获无数钦佩的目光。

　　我那古板的老爸从来只让我学习，严令我不准看任何课外书。但自打我发现她喜欢看书之后，从此也跟着她经常出没于学校的图书馆，慢慢就爱上了看小说。可怜的是我却只能躲在被窝打着手电筒看那些借来的书，所以我现在这双"炯炯有神"的六百度大近视眼也是拜她所赐。

　　可是我们那时候民风实在太过古朴。我就这么偷偷地看了她几年，都没敢跟她打过一声招呼。她继续在每次贴出的成绩榜里高高地占据着她的霸主地位，我仍然过着成绩普通的小平民的幸福生活。

　　幸好天可怜见，我终于在高中毕业前找到了一个机会跟她说上了话。更重要的是，我们读的大学在同一个城市。尽管她读的和我读的两个学校，一个是一类一个是二类，尽管这个城市有好几十所大大小小的大学，我还是固执地相信这是老天暗暗昭示的一种缘分。

　　在大学时代，来自同一个高中的我们自然而然地成了朋友。她问了我许多很奇怪的问题。我这才发现，原来她并不如我想像的那样高高在上。她问过我的问题中有一个让我印象特别深刻，到现在还清楚记得："到底你在路上是怎么跟人打招呼的？如果是从远处看着对方一直笑着走过去，挺傻的；可是如果先假装没看见，到了近处才突然一抬头笑一笑，不是更傻么？"

　　我当时愣了半天，想了又想，就是没答出来。这个问题还把我也绕进去了。我原本在路上见了人都是自自然然地打个招呼就过了，可是让她问过以后，每当遇见熟人，我就想，"我到底是怎么跟人打招呼的？"结果越想越不自然，害得我快有一个礼拜都没法正常跟人交际。

　　不过这个问题也告诉我，原来她的难以接近不是因为高傲，而是因为害羞和不善交际。

大一,她恋爱了。我看着那小子恨得牙痒痒。不久,她又失恋了,在我的陪伴下喝了半斤红星二锅头,醉得一塌糊涂却没说那小子半句坏话,到现在我也不知道他们是为了什么分的手。这事一直让我很佩服——很多女人失恋的时候都是到处开控诉大会,把自己说成全世界最可怜的人,结果苦了一大群身边的朋友。

她说,大学四年可以用鲁迅的作品来形容,大一呐喊,大二彷徨,大三伤逝,大四朝花夕拾。那么也可以说,我伴随着她度过了这所有的四个阶段。可是,因为害怕连这一份温暖的友谊也失去,我一直没有跟她说过我对她的感情。

大四不知不觉就来了,我相信,我们再也不可能有机会了。毕业前夕,我请她去学校舞厅跳了一次舞。她照例玩得很高兴。

看着这傻呵呵的丫头,我在心里默默地向她道别。

按照着各自的人生轨迹,我毕业,工作,恋爱,失恋,始终把她放在心里。她则一路绿灯地从研究生读到了博士,感情生活却始终空白一片。

不知道怎么回事,后来我们俩居然走到了一起。

二 聪 明

我这人文学水平不高,但我记得她跟我说过,有个叫什么海什么德的人写了本《编剧学入门》,在书里提出了一条"金规则":人们爱看的就是别人倒霉。所以我想,她的体贴懂事这些都没什么说头,只有把我从这个女博老婆那儿受到的各种"虐待"说说,估计能让大伙好好乐一阵子。

我怀疑能量守恒定律的适用范围比我中学时候学的还要大。所以我相信一个人能运用的脑力是一个固定量,这边憋住了,也必然要找个其他地方发泄。

这丫头一个人就占了两人份的聪明。以前还能通过些小说散文发泄发泄,可读了博士之后,被逼得天天写一是一、二是二的学术论文,她那一肚子的古灵精怪没地儿去,自然就冲着好脾气的我来了。

幸好我和她是多年的朋友,彼此了解得很,所以深知她没有一点恶意,纯粹就是让"万恶的博士生涯"憋出来的。理解万岁,不会生气。

再说,某虽不才,也知道大禹治水宜疏不宜堵的道理,与其把她逼成个"傻博士",还不如让她有机会发泄发泄。

和她在一起之后,随着工作性质的变化,我不像以前有那么多运动时间,吃的倒比以前好,慢慢就胖了。我的胖就成了她攻击的重点之一。

比如她有时会自问自答:"李言有腹肌吗?"

"有。但是,是一整块的。"

"李言的腹肌是什么牌的?"

"雷锋牌。"

"为什么?"

"因为它们特别团结。"

想明白了没?够气人的吧?

还有一天,她突然说:"中国古代的文化人都有别号。我觉得你也该起个别号,我都替你想好了。"

可怜我还天真地看着她:"叫什么?"

她伸出手在空中画着:"郭槐,郭是郭子仪的郭,槐是槐树的

　　女人？长得美是增值的。女博？学历高是贬值的。一个美丽的女博？一种天理不容的伤害——伤害的不仅仅是男人的自尊，还有女人的自信。所以只能得到婚姻的诅咒。

——彩云雨田　题绘

槐。"

听起来很雅致，我很高兴地点头。

她接着说："郭和饭锅的'锅'谐音，槐和胸怀的'怀'谐音。总的说起来就是一个怀里抱着锅的人，也就是说一个小肚溜圆，就像怀里抱了口锅的人。"

我差点没气晕过去。（后来，我觉得她的奸笑里还有东西，于是上网查了查，历史上叫这个名字的倒是有几个，但根据我对她的了解，我确信她想到的一定是那个宋朝的大奸臣，"狸猫换太子"里面的奸角。看着 Google 的检索结果，我哑口无言，"这丫也太坏了。"）

有一次，我和她正逛家电市场，她突然看看我，"嘿，哥们儿。我终于发现你长得像什么了？像冰箱走路。"

这也太伤害我的自尊了，我作势要打。

她赶紧道歉："我错了，你不像冰箱。"

这还像点话，我把手放下了。

她接着说："像冰柜。"

说完，一阵狂奔，一溜烟跑没影了，只留下又好笑又好气的我呆在原地。

不久之后，有一次她突然灵感来了，让我帮忙找个笔。我动作慢了，她就急了。过后，她特别诚挚地向我道歉："我错了，不该因为你走得慢就发脾气。"

我心里那个感动啊，"老天啊，我们家老婆终于懂事了。"

可她接着说，"谁能指望一个冰箱走多快呢？那也太不符合运动定律了。"

大伙儿说，这人是不是"坏"到家了？

因为找了个女博士，我这个普普通通的胖子还为中国传统文化作了点贡献。

为了我，她整理和挽救了一批很可能快要失传的极有价值的民歌。比如"小胖子，坐门墩，流鼻涕，想媳妇"，"胖子胖，打麻将，赢了钱，坐班房，输了钱，脱衣裳"，等等。我本来是要生气的。但想起她以前告诉过我，整理民俗文化是一件对传承和保存中国传统文化非常有意义的事情。我就决定本着"牺牲我一个，幸福千万人"的博大胸怀，饶了她这回。

看官，您明白了吧，不是我有受虐倾向，实在是她骂人骂得实在太好玩儿、太有水平。等您左弯右拐、千辛万苦地想明白了她怎么骂你的，也就像弄明白了一个脑筋急转弯，没法不痛快地大乐一阵，等乐完，已经泄了气，要再气也就难了。

三 傻博士

有句话说："穷得像教授，傻得像博士。"教授穷不穷，我不知道。但是我的博士老婆倒是经常冒些傻气。但因为头上顶着一个博士的光环，她犯起傻来，就显得反差特别大，所以特别好笑。

找个女博士最大的好处就是资讯方便。老婆学富五车，只要我问个把跟人文相关的问题都答得飞快，基本等于一本便携式"百科全书"。

我看电视的时候要是有什么不明白的地方，只要问问身边的老婆多半就疑惑顿消。生活中也是如此。有一次，我碰到一个比较小资的麻烦客户，惟一的弱点就是特别喜欢香水。可是我这个大老爷们一是对这个不懂，二是担心一个男人和女人聊香水恐怕会有反效果，只得咨询老婆。老婆想了想，"那就聊传统文化，震震她。"随手就拿了张纸，把中国古代的香水——花露——的演变简史写了出来，给我讲解了一番。第二天我去"攻关"，果然效果奇佳。

我也发现跟老婆去逛碟店实在是件特别爽的事儿。在对我肤浅得可怜的品味有了足够了解之后，她对我推荐的每一张碟都特别对我的胃口。而且，不管什么老碟怪碟，她都能干脆利落地报出大量的详细资料，演员拿过什么奖，这部片子得到过什么评价等等，把旁边的售货员听得一愣一愣的。她渊博的知识由于为我的生活和工作带来了极大的方便而让我每每为找对了老婆而极为得意。

所以大家可以想像，当我发现这本英明神武的"百科全书"居然是个路痴时，这强大的反差就让我觉得多么可乐了。

老婆迷路的本领天下无双，只有我从前看的漫画《乱马1/2》中那个超级大路痴响良牙可以媲美。刚到任何新地方，几个月之内，只要到的地方超出自己日常行程之外，她必然会沦落成一只满脸无辜的可怜的流浪狗，让人满心想把她拣回家去。激起许多男士的贼心，搭讪率奇高。

连家乐福这种四平八稳的超市，她都能迷路。更可笑的是，她居然还很爱在超市里跟我玩"捉迷藏"，常常趁我不注意偷偷找个货架躲起来。发现她不见了，我只能找遍整个超市，因为她躲着躲着就迷路了。所以每次找到她的时候，她都是一脸可怜巴巴的神情等着我拯救。只要是个男人，能充当一回自己爱的女人的救世主，多半是感觉很好的。我也就在得意中忘了找她时候的着急和气愤。

所以，只要我带她出门逛个街，她一定是时刻紧紧抓着我的手，让我很有男子汉大丈夫的感觉，保护妇孺之情油然而生。这副画面可能多少还是有点温馨的，所以连邻居也经常对着我俩感叹："这对小夫妻感情硬是好。"

有时候看着她我就担心："你说我们要是买了房，从厨房到厕所这么远的距离,你还不得一天迷几趟路?"

她像个气鼓鼓的小包子,"你就不会买小点的?"

我大乐:"这可是你说的,我本来就买不起大的。"

她笑眯眯地点头。

此外,从老婆偶尔"祸害"厨房的表现看来,这本"百科全书"显然没有把食谱包括在内。老婆每次下厨都是一场大灾难,让人的心揪得紧紧的。我常常为我们的厨房居然幸存到了今天,感到万分庆幸。

老婆的笨手笨脚倒不能全怪她——主要是因为她在学校里待的时间太长。学校里除了电饭锅(就这还是违禁品),什么也用不了,能做什么菜啊?时势造英雄,老婆煲汤倒是一把好手,可是别的你就别琢磨她了。可惜她从来不肯放弃做个贤妻良母的梦想,我也只能"我不入地狱,谁入地狱",常备胃药罢了。

记得刚恋爱不久,她来看我。

我下班刚回到屋里,就看见老婆兴高采烈地举起一袋她买的鸡翅,"我给你做你爱吃的咖喱鸡翅吧。"

我连忙大点其头,"我来煮饭。"可过了好半天,老婆还在电脑前面磨蹭。

"好了,别上网了,你不是说要做鸡翅给我吃吗?"

老婆不耐烦地挥挥手,"别吵,别吵。我正在网上找食谱呢。怎

么就没一个说是先放油还是先开火的呀?"

我……

我还敢断定她这本"百科全书"一定不慎遗失了经济学的部分,因为老婆是个完全没有金钱概念的人。在她决定跟我的时候,我很郑重地对她说:"你要想清楚,我可是个穷人。"老婆一脸傻气,很爽快地点了点头。我才放了心。

君子坦荡荡,小人常戚戚。因为不在乎钱,老婆反而喜欢拿钱开玩笑,经常念叨些"我的是我的,你的还是我的"这种调调。

可是有一次,她经济紧张,我塞给了她两百块,她接过来顺手就放在抽屉里。过了几个星期,我发现那两张红纸头还在原地不动。"你怎么不花啊?"

她从电脑屏幕前面茫然地把眼睛转过来:"我忘了。"

我气急,"你这几个星期是怎么过的啊?"

"吃食堂啊,我饭卡里还有几十块。"

"那其他的花费呢?"

"没有啊。"

"你成了仙啊?"

我倒,我再倒。

四 学 习

找个读书人做老婆的最大特点或者说优点,就是她们学习能力极强。不管跟她说了些什么,她都能像海绵见了水一样迅速地吸收并且转化为自己的知识。

刚和她在一起的时候,我们也像一般的情侣,磨合了好一阵子。

每次吵架和好，我们就会在一起聊聊各自的感受。

结果是我发现老婆从一个男性心理白痴迅速地成长为了两性心理专家。

老婆读书读多了，做事情总喜欢"没有规矩不成方圆"，逐渐和我签订了一些古怪的、据说还与心理学相关的"爱妻守则"。我的经验证明只要能坚决地贯彻执行之，家庭幸福指日可待。故此写在下面，以供众多朋友参考。

规则一，老婆永远是对的。

规则二，当老婆不对的时候，请参考第一条。

签订以上两条估计大多数男同志们都深受其害的条约时，我的感觉居然还不错。因为聪明的老婆很诚恳地对我说："我知道很多时候你吵架是认为你是正确的。可是女人和男人吵架，从来不是为了争论事情的对错，而是要知道你爱不爱我。我们的逻辑就是'让我就证明你爱我'，所以当你不让我的时候，我会充满了心理恐惧。我知道我有点'惟女子与小人难养也'。但是女人对于爱情的执著和不安全感是我们大脑皮层里天生就刻下来了的，请你体谅。而且你可以在事后对我讲道理，我保证好好听完你的道理。"

其实那时候，我已经知道身边的男士们其实很多都被强迫签下过类似条约，也早就有了觉悟。老婆既然把姿态做得这么低，面子给得这么足，我当然欣然同意。

好在老婆读了不少书，深知男人是一种怕束缚的动物，而且相信两人相处就和跳交谊舞一样，乃是前进一步就该退后一步的，接下来给出了一系列的福利措施：

规则三，无论如何，在对方的朋友面前，一定要给足对方面子。

自从我把"男人是面子的动物"这个观念灌输给了老婆之后。只要我带老婆和朋友吃饭，老婆总是乖乖地给大家倒酒添汤，让我在大家羡慕的眼神里过足瘾。这年头，能找个肯给老公面子的普通女人都不容易，何况还是一个女博士，面子就更足了。所以尽管一回家，我就是那免费的家政机器人。但是想想老婆的懂事，我还是挺开心的。对男人来说，也许只要大面上有 Face，都不太会计较别的吧。

规则四，可以看路上的漂亮女生，但是看完之后，一定要得出"还是老婆好"的结论。当然，允许撒谎，但是要配上比较逼真的演技。

这条规则把我的一个同事羡慕得要死要活的。他的女友漂亮无比，但是太爱吃醋，即使他在走神状态中眼光不小心瞟到其他美女，女朋友都会大发雷霆。他不胜其烦，多次想分手，却又舍不得这段感情。这个问题结果被俺老婆无意中解决了。有一次，他们请我们一起吃饭，中途，那男生去了洗手间。正在这时，老婆突然兴奋地说："老公你快看，那边坐了一个大美女耶。"于是，我们俩看得兴致勃勃。

那爱吃醋的女士十分诧异地问我可爱的老婆："你怎么会让你老公看别的女人啊？"老婆一脸天真无邪地回答："因为男人的欲望跟河水一样。让他适量宣泄，当然比让他攒到'山洪暴发'来得好啊。而且我从小就觉得，老师不让我干的事情，干起来就会特别过瘾，但是要是老师让我干的事情，我就一点都不想干了。我想他一定跟我一样。"那位美女若有所思，我估计老婆的博士文凭为她的话增加了不少说服力。

过了几天，我那同事诧异地说："我女朋友最近突然转了性了，不跟我乱吃醋了。"

我得意地说："那是我老婆为你争取到的福利。"

……

五 较 真

谈恋爱谈了一个女博士之后，身边就多了很多为我的"前途"担心的好心的朋友们，总觉得这段感情不可能持久。只有我暗自偷笑，这帮人是不知道女博士受的学术训练有多"摧残"人性。连老婆这么好玩的人，骨子里可都是较真得不得了的。

她对于人生语多调侃，可是本质里却是很认真的。即使对于玩乐也都抱着从不懈怠的态度。有一次，她突发奇想要学刺绣，结果整整一周每天工作十八小时以上，连吃饭时眼睛都茫然地盯着绣品。绣完，整个人倒在床上大睡三天，吓得我要死。为了绣一只看起来很像猫的老虎来玩，她居然把所有精力和时间都放了进去。

对于写作这种终身爱好，她的投入自然更加恐怖。我曾经在凌晨接到老婆的电话，在电话那头泣不成声。迷迷糊糊的我登时就吓醒了，哄了半天，才知道她正写到悲哀的地方，这才松了一口气。她最难过的一次，是她为了写稿子忘了自己亲人的忌日，那次她自责得很厉害，整整好几天都没有办法恢复情绪。她也曾经因为写论文忘了自己的生日，为了赶文章忘了人一天应该吃三顿饭……

有时候我也迷糊：不知道是非要这么较真的人才能读得上博士，还是读了博士之后，那些专业的思维训练会让人极其认真。

但至少，我深深知道要她抱着玩玩看的心情来投入一段感情其实是件不太可能的事情。

这当口，外面传来一阵愤怒的撞击声。原来是隔壁的夫妻吵架,当老婆的把老公关在了门外头,老公正砸门呢。老婆一边噼里啪啦地把我的话敲进电脑去,一边不屑地说:"敲什么啊,自己去旅馆开间房不就得了吗。"

"可能身上没钱吧。"

"所以说,男人一定要有小金库。"

老婆的话让我仔细端详了她一会,"你是不是站错立场了。"

"没错,"老婆大义凛然,"我永远站在全世界受苦人的那一边。"

"那你怎么不可怜可怜我啊。"

老婆上下打量我,"你不就是我最羡慕的拥有全世界最佳配偶的世界上最幸福的那个人吗?有什么好可怜的?"

"哪里,哪里,你才是全世界最让人羡慕的那个人,我只能排第二。"我习惯性地谦虚。

老婆一瞪眼,"背,爱妻守则第一条。"

"老婆永远是对的。"我只得乖乖认输,"我才是全世界最幸福的那个⋯⋯"

我想老婆的这些特质跟她的博士身份是分不开的,读了这么多年的书,既让她聪明有趣之极,又让她单纯而不市侩。

感谢老天让我得到了这个可爱的女博,让我平淡的上班族人生如同过山车一般跌宕起伏,充满乐趣。

鄂新登字 01 号

图书在版编目(CIP)数据

我是女博我嫁谁/彩云雨田著.
武汉:湖北人民出版社,2005.7

ISBN 7—216—04318—9

Ⅰ. 我…

Ⅱ. 彩…

Ⅲ. 长篇小说—中国—当代

Ⅳ. I247.5

中国版本图书馆 CIP 数据核字(2005)第 067775 号

我是女博我嫁谁　　　　　　　　　　　　彩云雨田　著

出版: 发行:　湖北人民出版社	地址:武汉市雄楚大街 268 号 邮编:430070
印刷:湖北恒泰印务有限公司	经销:湖北省新华书店
开本:880 毫米×1230 毫米 1/32	印张:6.25
字数:144 千字	插页:1
版次:2005 年 7 月第 1 版	印次:2005 年 7 月第 1 次印刷
印数:1—5 000	定价:17.00 元
书号:ISBN 7—216—04318—9/I·389	

本社网址:http://www.hbpp.com.cn

人文·时尚·原创

027-87679764
13007179110
zizhisf@126.com